Llais y Llosgwr

Argraffiad cyntaf: Gorffennaf 1994

Llun y clawr blaen: Alan Williams
Golygwyd gan Y Lolfa

Rhif Llyfr Rhyngwladol: 0 86243 318 5

Argraffwyd a chyhoeddwyd yng Nghymru gan
Y Lolfa Cyf., Talybont, Ceredigion, SY24 5HE;
ffôn (0970) 832 304, *ffacs* 832 782.

Llais y Llosgwr

DAFYDD ANDREWS

Pennod 1

Llais 1: Mr Davies ydi'r enw.
Llais 2: Mr Davies ydi'r enw.
Llais 1: Ddaethoch chi dros y bryn?
Llais 2: Ddaethoch chi dros y bryn?
Llais 1: Welsoch chi ragolygon y tywydd?
Llais 2: Gaddo tywydd braf . . . a lleuad lawn.
Llais 1: O'r gora 'te. Mi gychwynnwn ni.
Llais 2: Be 'di'ch enw chi?
Llais 1: Dach chi'n gwybod y rheolau!
Llais 2: Am heno ro'n i'n meddwl.
Llais 1: Evans. A chithau?
Llais 2: Samuel.
Llais 1: Rhy hir! Dach chi'n newydd, yn' dydach? . . . Tro cyntaf?
Llais 2: Ie . . .
Llais 1: Mi fasa Smith yn haws . . . ac yn fwy addas.
Llais 2: Pam?
Llais 1: Dyna enw'r perchennog.

Chwerthin.

Pennod 2

ROEDD ALUN IFANS newydd ddychwelyd yn gynnar un bore Llun ym mis Tachwedd i bentref bach Pen-sarn ar ôl treulio'r penwythnos ar daith fusnes i Fanceinion. Aeth i siop y pentref i brynu copi o'r wythnosolyn lleol Saesneg a gyhoeddid bob dydd Sadwrn, ac eisteddodd yn ei gar i ddarllen y penawdau cyn cychwyn am ei swyddfa yn y dref. Fel newyddiadurwr amatur ac aelod o fwrdd golygyddol y papur bro cymharol newydd, *Y Cymydog,* roedd ganddo ddiddordeb neilltuol yn storïau'r papur wythnosol a byddai fel arfer yn ei brynu ben bore ei gyhoeddi.

Cododd y papur gyda rhyw sicrwydd anesboniadwy y byddai ynddo stori arbennig o ddiddorol y gallai fynd ar ei thrywydd ar gyfer *Y Cymydog.* Ac yno, ar y dudalen flaen, roedd stori y bu Alun yn ei disgwyl erstalwm. Darllenodd y geiriau 'ARSONISTS STRIKE AGAIN' ac yn y paragraff a'u dilynai gwelodd mai tŷ haf reit ar gyrion Pen-sarn oedd hwnnw a losgwyd. Roedd yr ymgyrch losgi wedi cyrraedd ei fro enedigol o'r diwedd!

Roedd prysurdeb y llosgwyr ar gynnydd. Wedi cyfnod tawel, ailddechreuasai'r ymgyrch losgi o ddifrif tua dechrau'r hydref pan oedd y dydd yn byrhau. Roedd Alun wedi crybwyll wrth fwrdd golygyddol *Y Cymydog* ar fwy nag un achlysur y dylid llunio stori am yr ymgyrch, ond roedd dau aelod, Iwan Roberts, a gadwai siop groser yn y pentref, a Rowland Hughes, ei gefnder, yn erbyn rhoi cyhoeddusrwydd i'r llosgwyr. Yn anffodus i Alun, a deimlai'n gryf iawn na ddylid – o ran egwyddor –

eithrio unrhyw stori a oedd yn deilwg o sylw'r cyhoedd, roedd gan aelodau eraill hefyd ofn cael eu holi a'u herlid gan yr awdurdodau. Gŵr ifanc heb unrhyw ddaliadau gwleidyddol cryf oedd Alun ond roedd pob math o anghyfiawnder yn ei wylltio. Pa hawl oedd gan yr heddlu i amau pobl am y rheswm syml eu bod yn digwydd siarad Cymraeg ac yn dymuno amddiffyn a hyrwyddo'r iaith trwy sefydlu papur bro ym Mhen-sarn?

Er ei fod yn fyfyriwr ym Mangor yn ystod dyddiau cyffrous y saithdegau, nid ymaelododd â Chymdeithas yr Iaith na Phlaid Cymru. Er hynny, buasai ar daith brotest gyda'r Gymdeithas pan aethai i'r coleg gyntaf gan fod pawb o'i gydnabod newydd yn mynd. Ond ac yntau'n sefyll yn llonydd ar brotest hollol heddychol a chyfansoddiadol, gwthiodd plismon cyhyrog ei fys i din Alun er mwyn ei symud a thorri'r brotest. Trodd yntau i wynebu'r plismon a bu ond y dim iddo roi dyrnod dan ei ên pan welodd y wên ddirmygus a'r olwg heriol ar ei wyneb. Cofiodd Alun fodd bynnag y byddai taro plismon yn tynnu gwarth am ben y Gymdeithas ac yn tanseilio nod y brotest. Nid oedd am gael ei enw yn y papurau newydd nac am roi cyfle i'r awdurdodau gwyno am ddulliau trais Cymdeithas yr Iaith; felly ffrwynodd ei dymer wyllt a bodlonodd ar edrych yn gas i fyw llygaid yr heddwas.

Anghyfiawnder y peth a wylltiodd Alun ar y pryd yn fwy na'r boen a deimlodd am rai dyddiau wedyn. Pa obaith oedd i'r byd, gofynnai, os oedd y rhai a apwyntiwyd i weinyddu a diogelu cyfiawnder yn ymddwyn fel hyn? Sylweddolodd Alun y diwrnod hwnnw fod yn ei gymeriad ddeunydd peryglus, ffrwydrol. Buasai wedi hoffi mynd a llosgi pob gorsaf heddlu yn y wlad ar ôl y driniaeth a gawsai a phenderfynodd mai'r peth gorau, er ei les ei hun, fyddai peidio â mynd ar brotest eto.

Darllenodd Alun bob gair o'r erthygl Saesneg am y tyddyn unig ar y llethrau uwchben Pen-sarn. Dyma'r tro cyntaf i dŷ mor agos i'r pentref gael ei losgi a gwyddai Alun ar unwaith na allai aelodau gwrthwynebus y bwrdd golygyddol wrthod erthygl ar y pwnc y tro hwn. Pan welodd enw cyfarwydd y tyddyn, a werthwyd y llynedd i ryw Mr a Mrs Smith o Birmingham, penderfynodd ar unwaith ei fod am wneud gwaith ymchwil trwyadl i'r achos yn sail i'w erthygl. Byddai hon yn erthygl i'w chofio.

Bu gan Alun ddiddordeb mewn ysgrifennu a newyddiadura er pan oedd yn blentyn. Gallai gofio cael canmoliaeth uchel gan ei athrawes yn yr ysgol gynradd am ysgrifennu stori'n seiliedig ar ddigwyddiau lleol, a mynnodd hi ei rhoi ar y wal. Cafodd fwynhad neilltuol o weld plant eraill yn darllen ei waith, a byth er hynny bu ysgrifennu yn ffordd o geisio canmoliaeth os nad edmygedd. Gwyddai fod ganddo ddawn ysgrifennu – roedd ei brofiad yn yr ysgol ac yn y coleg wedi cadarnhau hynny – a phob tro y câi glod yn awr am erthygl yn *Y Cymydog*, roedd fel atsain pleserus o'i brofiad cynnar yn yr ysgol gynradd.

Heb drafferthu i ddarllen gweddill y penawdau fel y gwnâi fel arfer, plygodd y papur a'i osod ar y sêt wag yn ei ymyl. Edrychodd yn y drych i sicrhau bod ei dei a'i goler yn syth a thynnodd ei law trwy ei wallt du, byr. Yna, cychwynnodd ei gar ac aeth ar ei union i'w waith. Dim ond newydd ymddangos oedd y rhifyn diweddaraf o'r *Cymydog* a chyfrifodd y dyddiau tan y diwrnod cau ar gyfer erthyglau i'r rhifyn nesaf. Roedd ganddo un diwrnod ar bymtheg o leiaf ac fel aelod o'r bwrdd golygyddol gallai anwybyddu'r diwrnod cau swyddogol a chael o leiaf ddeuddydd ychwanegol. Byddai'n rhaid gweithio'n gyflym os oedd am gael stori wreiddiol a threiddgar. Byddai'n rhaid holi'r heddlu a mynd i weld y tyddyn ei hun. Roedd Alun yn benderfynol y byddai'r erthygl hon yn fwy nag adroddiad syml o ffeithiau moel. Yn ei frwdfrydedd, roedd am dreiddio i wraidd yr ymgyrch losgi.

Yn gynnar y prynhawn, felly, cyn mynd am ei ginio, cododd y ffôn a threfnu i fynd i weld Ty'n Rhos, y tyddyn a losgwyd, efo'r Cwnstabl John Williams o'r orsaf leol. Cafodd ar ddeall mai'r heddlu lleol oedd yn delio â'r wasg ond bod yr ymchwiliad swyddogol i'r llosgi yn nwylo grŵp o dditectifs ym mhencadlys sirol yr heddlu. Pan ffoniodd Alun y pencadlys fe'i cysylltwyd ag arweinydd tîm yr ymchwiliad, yr Arolygydd Harold Jones. Roedd ef yn Gymro Cymraeg, trwy lwc, a theimlai Alun yn sicr y câi fwy o wybodaeth ganddo ef nag a gâi gan rywun di-Gymraeg. Ond yn hyn o beth fe'i siomwyd. Ychydig o fanylion a gafodd gan yr Arolygydd, ond cadarnhaodd fod y tân yn Nhy'n Rhos yn cael ei gysylltu â thanau eraill yng ngolwg yr heddlu er nad oedd yr un papur lleol na chwmni teledu – yn ddigon rhyfedd, meddai – wedi derbyn llythyr yn arddel y weithred hyd yma.

Pwysleisiodd yr Arolygydd na ellid datgelu llawer o fanylion oherwydd bod yr ymchwiliad yn un sensitif. Trwy lwc, fodd bynnag, cofiodd Alun ofyn a gâi siarad â'r heddweision cyntaf i weld y tŷ ar ôl y llosgi a hefyd â'r gwyddonwyr fforensig a fu'n casglu a dadansoddi tystiolaeth. Ni allai'r Arolygydd weld unrhyw wrthwynebiad i hyn. Trefnodd Alun, felly, i ymweld â'r heddweision y prynhawn canlynol a'r gwyddonwyr y bore wedyn. Rhoddodd y ffôn i lawr yn ddyn bodlon. Roedd yr ymchwil ar droed.

* * *

Y prynhawn hwnnw, ar ei ffordd adref o'i waith, galwodd Alun i weld ei gyfaill, Glyn, a oedd hefyd ar fwrdd golygyddol *Y Cymydog*. Fel Alun, roedd Glyn wedi ei eni a'i fagu yn yr ardal. Yn wir, roedd yn byw yn y tŷ a brynodd oddi wrth ei rieni pan aethant i fyw i Bwllheli adeg ymddeoliad cynnar ei dad. Bu Alun a Glyn trwy'r ysgol efo'i gilydd ac, er iddynt fynd i golegau gwahanol, daethai'r ddau yn ôl i fyw i Ben-sarn tua'r un pryd. Hwy oedd yr unig ddau o'u dosbarth yn yr ysgol i ddychwelyd i'r ardal ac roedd hyn yn cryfhau eu cyfeillgarwch.

'Glywaist ti am Dy'n Rhos?' gofynnodd heb rag-ymadroddi pan agorodd Glyn y drws. Cerddodd yn frysiog heibio Glyn i'r tŷ.

'Wel do, wrth gwrs. Mae pawb yn y pentre 'ma yn siarad am y peth ers ddoe,' atebodd Glyn gan gau'r drws a dilyn Alun i'r lolfa.

'Mi roedd o yn yr Herald y bore 'ma.'

'Dwi'n gwybod . . . tipyn o sioc i ti mae'n siŵr.'

'Oedd. Wyddwn i ddim tan imi ddarllen y papur a fin-nau wedi bod ym Manceinion ers nos Wener. Mi fydd raid i'r bwrdd golygyddol gytuno rŵan.'

'Cytuno i be?'

'Ti'n gwybod! Erthygl ar yr ymgyrch llosgi tai haf. Dwi wedi crybwyll y peth dwn i'm faint o weithiau mewn gwahanol gyfarfodydd.'

'Ond wyt ti'n meddwl ei bod hi'n briodol . . . ?'

'Priodol! Be ti'n 'feddwl? Mae'r blincin lle ar gyrion ein pentre ni! Sut yn y byd y gallan nhw ddweud nad ydi trafod llosgi Ty'n Rhos yn briodol? Papur newydd ydi papur newydd yntê? Ac mae hyn yn newydd.'

'Ie, ond dan yr amgylchiadau . . .' meddai Glyn yn bwyllog.

'Dim ots gen i am yr amgylchiadau, Glyn. Dwi isio sgwennu'r stori 'ma ac mae hyn yn gyfle gwych ac yn hollol berthnasol i fywyd y pentre a darllenwyr *Y Cymydog*.'

'Wel, ydi, wrth gwrs,' meddai Glyn yn amheus. Gwelai fod Alun yn awyddus iawn i ysgrifennu'r erthygl a gwyddai y gallai fod yn benstiff iawn ar adegau. Sylweddolai hefyd nad oedd neb gwell na mwy cymwys at y gwaith ar y bwrdd golygyddol. Ac wedi'r cyfan, roedd o wedi cefnogi Alun yn un o'r cyfarfodydd yn barod.

'Dwi'n mynd i gysylltu â gweddill y bwrdd golygyddol heno 'ma, Glyn,' aeth Alun yn ei flaen. 'Does dim amser i'w golli. Dwi wedi bod yn gwneud ymholiadau efo'r heddlu'n barod – gan gynnwys y pencadlys – ac mi dwi wedi trefnu i fynd i weld y bois fforensig bore dydd Mercher.'

'Iesu, wnest ti ddim gwastraffu amser!'

'Mae hon yn stori bwysig ac mae ganddi hi oblygiadau cenedlaethol yn ogystal â lleol. Mae hyn yn llawer mwy na jest sgwennu am briodas hwn-a-hwn ac angladd hon-a-hon. Mae hi'n stori fawr, Glyn. Yn stori hanesyddol, yn rhan o hanes ein cenedl ni.'

Gwenodd Glyn ar ei gyfaill brwd ac ymlaciodd Alun wrth sylweddoli ei fod yn areithio. Edrychodd i lygaid glas, caredig ei gyfaill. Roedd yn adnabod y wên honno'n ddigon da i wybod bod Glyn yn meddwl y dylai gymryd pwyll. Roedd dull hamddenol Glyn mor wahanol i ffordd brysur, egnïol, gynhyrfus Alun o weithredu. Symudai corff Alun yn gyson pan fyddai ganddo syniad yn ei ben gan adlewyrchu'r aflonyddwch yn ei feddwl.

'Mi fydda i'n dibynnu ar gael dy gefnogaeth di eto, cofia. A dwi'n mynd i ddweud wrth y criw yna, mi gei di weld.'

'Ond be os gwrthodan nhw? Ti'n gwybod sut rai ydi . . .'

'Os eith hi i'r pen mi gawn ni bleidlais,' atebodd Alun gan gynhesu drachefn.

'Ond rwyt ti'n gwybod yn iawn na chawson ni erioed bleidlais o'r blaen ar *gynnwys* y papur! Mae o yn ein cyfansoddiad ni fod yn rhaid i'r bwrdd golygyddol fod yn unfryd.'

'Mae stori fel hon yn fwy o lawer na mymryn o bapur bro, Glyn, ac mi rwyt tithau'n gwybod hynny. Os bydd raid, mi ofynnwn ni am gael newid y cyfansoddiad.'

'Gwranda am funud, Alun. Mi alla i ddeall sut rwyt ti'n teimlo, wrth gwrs. Ond cofia di nad ydi'r ddau rwyt ti a finnau'n meddwl amdanyn nhw wedi bod ddim pellach na'r dref acw ac ambell drip i Gaer! Mae'n rhaid i ti drio eu darbwyllo nhw mewn termau maen nhw'n eu deall . . .'

'O'r gorau,' meddai Alun yn llai cynhyrfus. 'Mi dria i.'

'A wnei di ddim colli dy dymer efo nhw?' gofynnodd Glyn dan wenu.

'Na wna,' meddai Alun gan wenu'n ôl a chodi i fynd. 'Addo! . . . Ac mae Iwan Roberts dipyn yn fwy eangfrydig ers i'w fab ddechrau caru â'r hogan 'na o'r India cofia. Wel, mae'n well imi fynd, Glyn. Mae gen i isio cael gair efo Cwnstabl John Williams cyn imi fynd adre . . . Gyda llaw, sut mae Trefor?' gofynnodd gan oedi yn y drws.

'Wel, mi fedrais i ei berswadio fo i fynd at Dr Roberts yn y diwedd ac mae o wedi cael rhyw dabledi ganddo fo.'

'Ydyn nhw'n gweithio?'

'Dwi ddim yn siŵr bod y diawl yn eu cymryd nhw, a bod yn onest efo ti.'

'Dwed wrtho fo am ddod i 'ngweld i rywbryd wnei di?'

'Iawn, mi ddyweda i wrtho fo. Mae o'n mwynhau dod i dy weld di, medda fo.'

'*OK*. Hwyl.'

'Hwyl, Alun.' A gwyliodd Glyn ei hen gyfaill yn cerdded yn bwrpasol at ei gar.

Er nad oedd Alun wedi cael bwyd er amser cinio a'i bod hi bellach yn tynnu am hanner awr wedi chwech, penderfynodd alw i weld y Cwnstabl John Williams ar ei union gan nad oedd munud i'w golli.

Mewn pentref bach yng nghefn gwlad Cymru mae'r plismon lleol, wrth reswm, yn gymeriad adnabyddus. Roedd John Williams yn ŵr poblogaidd. Pan oedd ei wraig byw roedd yn ŵr bywiog a joli, y math o ddyn y byddai rhieni'n mynd â'u plant ato pan welid ef ar y stryd oherwydd bod ganddo wên a gair caredig bob amser. Ac er bod colli ei wraig pan oedd yn ŵr wyth a deugain oed wedi effeithio'n arw ar ddyn a oedd mor hoff o fywyd teuluol, gwrthododd fynd i'w gragen ac ymroddodd fwyfwy i'w ddyletswyddau ac i wasanaethu trigolion Pen-sarn. Roedd ganddo fab, Gerwyn, unig ffrwyth ei briodas, a byddai wrth ei fodd yn brolio'i lwyddiannau, yn enwedig wrth ei gyfoedion yn yr ysgol, fel Alun. Pan gurodd Alun ar ddrws John Williams, felly, gwyddai o'r gorau y câi groeso cynnes ganddo.

'Noswaith dda, Mr Williams.'

'Noswaith dda, Alun. Tyrd i mewn, 'machgen i. Mae gen i amcan go lew be sy'n dod â ti yma heno 'ma,' meddai'r Cwnstabl gan arwain y ffordd i'r parlwr bach yn ei ddull araf ei hun. 'Hen fusnes ofnadwy. Ofnadwy,' pwysleisiodd eto, 'ac mae'n siŵr na allet ti ddim aros tan yfory.'

'Wel, meddwl gofyn cwestiwn neu ddau heno 'ma cyn mynd i weld yr hyn sy ar ôl o Dy'n Rhos efo chi yfory, Mr Williams, os ydi hynny'n iawn gennych chi.'

'Ydi, wrth gwrs, Alun. Mi roedd 'biti gen i weld yr hen le a phiti dros y bobl brynodd o llynedd. Pobl ffein iawn. Fuon nhw ddim yno fwy na dwywaith i gyd, hyd y gwn i. Dwi ddim yn credu eu bod nhw wedi treulio mwy na phedair noson dan y gronglwyd. A phobl neis iawn hefyd,' meddai Mr Williams eto.

'Felly roedd 'y nhad yn dweud,' meddai Alun 'er na wnes i ddim cwrdd â nhw fy hun.'

'Dwi'n methu'n lân â deall be sy haru'r bobl 'ma'n llosgi tai pobl, Alun, wir i ti! Ac nid fel plismon dwi'n siarad rŵan, cofia. Dwi wedi diosg fy helmed, fel y gweli di. Ond mae gen i gywilydd o 'mhobl i fy hun a'm hardal i fy hun i feddwl bod pobl ddiarth yn cael eu trin a'u sarhau fel hyn.'

Siaradai John Williams yn araf fel arfer, fel petai'n gyndyn o agor ei geg. Ond pan gâi bwnc a oedd yn agos at ei galon, siaradai'n gyflymach gan dueddu i'w ail-adrodd ei hun rhag ofn nad oedd ei wrandawr wedi deall. Codai ei aeliau yn awr i danlinellu ei ystyr a phwysleisio'i deimladau ond arhosai gweddill ei gorff yn berffaith lonydd yn ei gadair esmwyth.

'Nid pawb sy'n teimlo 'run fath â chi dwi'n ofni, Mr Williams.'

'Wel nage, mae'n amlwg. Dwi'n sylweddoli bod 'na lawer o bobl y ffordd 'ma yn teimlo bod rhai fel Mr a Mrs Smith yn prynu tai a allai fod yn nwylo pobl lleol – fel roedd Gerwyn 'cw yn dweud – a bod 'na rai am gael gwared o'r bobl ddŵad 'ma. Ond lle fydden ni, Alun bach, petai pawb yn cymryd yn ei ben ei fod o'n iawn llosgi tai pobl nad ydyn nhw'n eu hoffi? A pha sens sy 'na mewn llosgi tai da a'r rheiny'n brin?'

Doedd Alun ddim wedi dod i drafod moesoldeb neu anfoesoldeb y difrodi ac roedd yn awyddus i lynu at y ffeithiau. Ar yr un pryd, roedd yn ymwybodol fod dadleuon y cwnstabl hoffus yn gymysglyd ac nad oedd yn rhoi ystyriaeth i gwestiynau a oedd yn sicr o fod ym meddyliau llawer o'i gyd-bentrefwyr.

'Be 'di dy farn di am y busnes 'ma, Alun?' gofynnodd John Williams mewn tôn ysgafnach, yn ymwybodol ei fod wedi bod yn bregethwrol braidd.

'Wel, Mr Williams,' meddai Alun. Nid oedd wedi disgwyl cwestiwn mor uniongyrchol. 'Cofiwch mai Cymdeithaseg a Hanes oedd fy mhynciau i yn y coleg a dwi'n tueddu i chwilio am batrymau yn y pethau 'ma.'

'Be wyt ti'n 'feddwl?'

'Mae'n ddrwg gen i, wnes i ddim mynegi fy hun yn glir iawn. Yr hyn roeddwn i'n trio'i ddweud ydi bod rhywun yn dysgu edrych ar ffactorau economaidd a hanesyddol yn ddiduedd pan rydych chi yn y coleg,' esboniodd Alun yn betrus ac ansicr braidd. 'Yn academaidd, felly. O edrych ar y ffactorau economaidd – a chymdeithasol a diwylliannol wrth gwrs – mi alla i weld pam bod pobl yn ddig wrth Saeson am ddod i fyw i gefn gwlad Cymru.'

'Dig! Ydi bod yn ddig efo pobl yn ddigon o reswm dros losgi eu cartre nhw i'r llawr? Dwi'n synnu atat ti.'

'Na, na. Peidiwch â 'nghamddeall i Mr Williams,' meddai Alun, nad oedd ei feddwl ar y ddadl o gwbl, 'Ond mi fydd mater Ty'n Rhos yn siŵr o ddod â'r holl deimladau 'ma i'r amlwg a dyna pam dwi'n awyddus i wneud stori dda i'r *Cymydog*. Mae'n bwysig bod pobl yn cael cyfle i ddweud eu barn a mynegi eu teimladau'n agored. Dyna be 'di democratiaeth yntê? Ac mae hynna'n well na bod eu teimladau nhw'n aros yn ddifynegiant.'

'Mae gen i ofn dy fod di wedi fy ngholli i ers meityn, Alun. Mi faswn i'n dweud bod y barbariaid hyn a losgodd Dy'n Rhos wedi mynegi eu teimladau'n reit glir trwy eu gweithred. A falle fod 'na rai teimladau y byddai'n well i bobl ddysgu eu cadw dan reolaeth.'

'Ie, ond nid sôn am y rhai a losgodd Dy'n Rhos yn unig ydw i, Mr Williams, gyda phob parch. Mae'n rhaid eich bod chi wedi synhwyro bod 'na bobl eraill o gwmpas yr ardal 'ma sy'n wrthwynebus i'r syniad o adael i'n tai ni fynd i ddwylo dieithriaid?'

'Wel oes, mae 'na bobl sy'n dweud pethau digon cas am y rhai dŵad yma ond dydyn nhw ddim yn meddwl llosgi eu tai nhw i lawr, Alun bach!'

'A dydw innau ddim yn dadlau o blaid yr ymgyrch losgi, credwch fi Mr Williams. Ceisio dweud roeddwn i . . . wel, bod astudio yn y coleg yn gwneud i rywun geisio deall pob agwedd o achosion fel hyn . . .'

'Wyt ti'n trio dweud wrtha i, Alun, mai dim ond pobl sy wedi bod trwy'r coleg – fel ti a'r mab acw – sy'n medru barnu pethau'n deg a chytbwys?'

'Na . . .'

'Wel, mae hi'n dechrau swnio felly i mi, os ca i ddweud.'

'Mae'n ddrwg gen i, Mr Williams. Fi sy wedi camfynegi fy meddwl unwaith eto. Na, i'r gwrthwyneb wrth gwrs, mae 'na lawer o benboethiaid yn y colegau . . .'

'Mwy yn y fan honno nag yn ein pentre bach di-nod, normal ni, mi ddywedwn i.'

'Mi rydach chi'n iawn, Mr Williams, mae'n siŵr,' meddai Alun a oedd wedi colli rhediad ei ddadl ei hun bellach. Penderfynodd y byddai'n rhaid iddo – pan gâi hamdden rywbryd – geisio gweithio allan beth yn hollol yr oedd o'n ceisio'i ddweud. Yn sydyn, fodd bynnag, dychwelodd greddf y newyddiadurwr a dechreuodd ofyn am fanylion y tân yn Nhy'n Rhos. Tynnodd ei lyfr nodiadau wrth i'r Cwnstabl ddechrau siarad am ei ymweliad â'r tyddyn ar noson y llosgi.

'Mae pobl y fforensig yn dweud bod y tân wedi ei gynnau rhwng tua hanner awr wedi naw a hanner awr wedi un ar ddeg. Fel y gwyddost ti, mae hi'n nosi'n gynnar y dyddiau 'ma ac wrth gwrs does 'na ddim tŷ arall o fewn chwarter milltir i Dy'n Rhos.'

'Oes ganddyn nhw unrhyw amcan sut y cychwynnwyd y tân?'

'Roedden nhw'n amau mai petrol a ddefnyddiwyd ond allen nhw ddim bod yn hollol siŵr neu doedden nhw ddim yn fodlon dweud wrth ryw dipyn o gwnstabl fel fi,' meddai dan wenu.

'Oedd 'na olion teiars neu unrhyw gliwiau o gwbl?' gofynnodd Alun.

'Welais *i* ddim byd – roedd y dynion fforensig am ddychwelyd yn y bore i gael golwg iawn ar y lle.'

'Wnaethon nhw ddim ffeindio dim byd y noson honno, felly?'

'Dim i mi wybod, Alun. Mi wnaethon nhw edrych ar y dodrefn – hynny oedd 'na ar ôl ohonyn nhw – a llenwi rhyw fagiau plastig â chrafion a thameidiach, ond dydw i ddim yn deall y pethau 'ma fy hun. Mi fasa'n well i ti ofyn iddyn nhw os gelli di gael caniatâd yr Arolygydd Harold Jones yn y pencadlys. Fo sy'n arwain yr ymchwiliad.'

'Dwi wedi cael gair ag o'n barod ac mi rydw i wedi trefnu i gwrdd â'r bobl fforensig.'

'Duwcs!' meddai John Williams mewn syndod, 'mi rwyt ti o ddifri ynglŷn â chael dy stori, mae'n amlwg!'

'Ydw, mae'n bwysig i mi 'mod i'n mynd i wraidd y busnes yma, Mr Williams,' meddai Alun gan edrych i fyw llygaid y Cwnstabl yn ystod y tawelwch a ddilynodd.

'Wel, oes 'na rywbeth arall rwyt ti am 'wybod? Fel y gweli di, alla i ddim bod o ryw lawer o help i ti, dwi'n ofni. Gwas bach ydw i!

Gallai Alun weld na châi lawer o wybodaeth ddefnyddiol gan yr heddwas cymwynasgar a dechreuodd ei holi am ei fab. Nid oedd wedi ei weld ers rhai misoedd gan for Gerwyn yn teithio dramor yn aml gyda'i waith fel peiriannydd. Yna, wedi diolch iddo am ei help, cychwynnodd Alun am y siop sglodion.

Roedd hi wedi wyth ar Alun yn cyrraedd gartref gyda'i becyn sglodion a fyddai'n gorfod gwneud y tro yn lle pryd iawn o fwyd. Doedd dim amser i goginio heno. Byddai'n rhaid ffonio aelodau cyndyn y bwrdd golygyddol.

Pennod 3

Y BORE WEDYN tua un ar ddeg o'r gloch, pan oedd Alun yn brysur wrth ei ddesg, canodd y ffôn.

'Mr Alun Ifans?'

'Ie.'

'Mi fasa'n well i chi anghofio am y tân yn Nhy'n Rhos. Mae'r llosgwyr yn gwybod ble dach chi'n byw hefyd.'

A chlywodd Alun y ffôn yn mynd i lawr.

Roedd Alun wedi dychryn drwyddo. Nid oedd erioed wedi teimlo'r fath ias – y fath ofn – yn llifo drwyddo gan feddiannu ei gorff a'i feddwl yn llwyr. Wrth sylweddoli bod y llais yn ei fygwth llenwyd ef ag amheuon, llyfrdra a braw gwirioneddol. Am funud neu fwy ni allai symud gewyn.

Yna, rhoddodd ei ddwy law ar y ddesg o'i flaen ac roedd ei chadernid yn gysur iddo. Ceisiodd Alun ei gysuro'i hun mai rhyw fath o jôc oedd yr alwad ffôn. Ond prin y gallai gredu ei fod wedi camddehongli tôn y llais. Ac am y tro cyntaf sylweddolodd Alun ei fod yn ymhél â pethau peryglus. Daeth y geiriau 'chwarae â thân' i'w feddwl ac, er gwaethaf ei fraw, ni allai beidio â chwerthin. Roedd cael chwerthin yn ddigon i'w ddadebru a'i atgoffa ei fod yn ei swyddfa a bod ganddo waith i'w wneud.

Ond roedd anghofio ac anwybyddu'r geiriau a glywsai ar y ffôn yn gwbl amhosibl er gwaethaf pob ymdrech. Ymhen pum munud, felly, penderfynodd fynd am ginio cynnar iawn. Penderfynodd hefyd ei fod am roi'r gorau ar unwaith i'r syniad o ysgrifennu stori am y llosgi ac roedd yn dyheu am gyfle i ddweud wrth ei fygythiwr y byddai'n ufuddhau i'w ddymuniad yn ddiamod dim ond iddo gael byw ei fywyd yn dawel fel o'r blaen. Gweddïai am y cyfle i drosglwyddo'r neges cyn y byddai'n rhy hwyr . . .

Ni fedrodd Alun fynd dim pellach na'r coridor. Bu raid iddo ddychwelyd i'w swyddfa unwaith eto i ystyried goblygiadau dychrynllyd yr alwad ffôn. Ceisiodd dywallt diod o ddŵr iddo'i hun ond roedd ei law dde, a fyddai mor gadarn fel arfer, yn ysgwyd yn afreolus ac aeth y dŵr ar hyd ei ddillad. Eisteddodd wrth ei ddesg, gwyro ei ben a rhedeg ei ddwylo trwy ei wallt mewn ymgais reddfol i reoli ei nerfau. Roedd yn eistedd yn yr ystum honno pan ddaeth un o'i gyd-weithwyr, Helen, i mewn.

'Wyt ti'n iawn?' gofynnodd hi gyda phryder yn ei llais.

'Ydw, Helen. Newydd gael galwad ffôn yn 'y mygwth i.'

'Be!'

'Rhywun yn dweud y byddai'n well i mi anghofio am y tân . . .'

'Pa dân? Pwy oedd ar y ffôn, felly?'

'Wn i ddim. Llais dyn oedd o. Wnaeth o ddim dweud pwy oedd o.'

'Pa dân roedd o'n sôn amdano?'

'O, mi losgwyd un o'r tai haf yn ymyl y pentre acw y noson o'r blaen,' atebodd Alun a oedd yn dechrau dod ato'i hun yn raddol dan ddylanwad caredigrwydd Helen ond a oedd yn awyddus i beidio â rhoi gormod o fanylion, er na wyddai pam.

'Wel be sy gan hynna i wneud â ti?'

'Roeddwn i wedi meddwl sgwennu stori yn ein papur bro ni.'

'Y Cymydog'

'Ie.'

'Wel gwranda, dwyt ti ddim yn cael dy dalu am y gwaith yna. Petawn i yn dy le di mi faswn i'n anghofio am y tân. Gad o i'r heddlu a'r newyddiadurwyr proffesiynol, Alun. Dwyt ti ddim isio chwarae o gwmpas efo crancs fel 'na.'

'Ella mai jôc ydi'r cyfan,' meddai Alun gyda thinc o gwestiwn gobeithiol yn ei lais.

'Jôc! Jôc sâl ar y diawl os jôc ydi hi.'

'Wel, mae'n bosib mai rhywun arall heblaw un o'r llosgwyr a ffoniodd fi.'

'Pwy felly?'

'Wn i ddim. Un o aelodau'r bwrdd golygyddol sy ddim isio i mi sgwennu'r stori,' meddai Alun gan chwerthin ond gan hanner credu, yn ei fraw, fod hyn yn bosibilrwydd cryf. A byddai hynny'n well na bod rhywun o ddifrif eisiau ei . . . Ni allai meddwl Alun ddygymod â'r syniad o gwbl.

'Wel jôc neu beidio,' aeth Helen yn ei blaen, 'y peth doethaf i ti fyddai anghofio am y stori. A dweud wrth yr heddlu am y llais ar y ffôn hefyd.'

'Dweud be? Bod rhywun wedi 'nghynghori i i anghofio am y tân? Dwi ddim yn credu y byddai'r heddlu'n gweld hynna'n llawer o drosedd.'

'Wel, ti biau penderfynu. Sut wyt ti'n teimlo rŵan?'

'Gwell o lawer. Diolch, Helen,' meddai dan wenu arni.

'Ga i wneud paned i ti?'

'Na, dwi am fynd am ginio cynnar.'

'Reit, mi geith y rhain aros tan y p'nawn yma,' meddai Helen gan gychwyn am y drws. Oedodd a throi at Alun unwaith eto. 'Dwi'n dal i feddwl y dylet ti fynd at yr heddlu, 'sti.' Ac allan â hi heb aros am ateb.

* * *

Erbyn iddo yfed hanner ei beint roedd nerfau Alun yn dechrau sadio. Wrth feddwl yn fwy cytbwys am yr alwad ffôn a gawsai, roedd un peth na allai ei ddeall – sef pam y byddai'r llosgwyr eisiau bygwth newyddiadurwr amatur oherwydd ei fod yn gwneud ychydig o ymchwil i losgi tŷ haf. Doedd y peth ddim yn gwneud synnwyr o gwbl iddo. Wedi'r cyfan, onid oedd cael cyhoeddusrwydd yn hollbwysig i derfysgwyr?

Penderfynodd Alun wneud nodyn o gynnwys ac amser yr alwad a gawsai y bore hwnnw. Nid oedd yn hollol siŵr pam ei fod yn gwneud hyn ond dilynodd ei reddf. Sylweddolai ar yr un pryd y byddai'n rhaid iddo roi'r gorau i'w syniad o wneud stori i'r papur bro. Gwir ei fod wedi mynd i drafferth mawr neithiwr i argyhoeddi rhai o'i gyd-olygyddion anfodlon, ond erbyn hyn roedd yn rhaid iddo gynabod ei fod yn gweld rhinwedd yn un o'u dadleuon o leiaf. Doedd cael stori i bapur bro ddim yn ddigon o reswm dros wynebu perygl ac ofn. Tybed a oedd aelodau eraill y bwrdd golygyddol wedi derbyn galwadau bygythiol hefyd? Os felly, byddai ef mewn lle anodd dros ben.

Cwestiwn arall a oedd yn poeni Alun oedd sut y cawsai'r llosgwr a'i ffoniodd – os llosgwr oedd o – wybod ei fod yn gweithio ar ei stori? Oedd hi'n bosib bod un o'r llosgwyr neu un o'u cefnogwyr ar y bwrdd golygyddol? Ceisiodd Alun gofio wrth bwy yn union roedd o wedi dweud ei fwriad i ysgrifennu stori. Roedd y bwrdd golygyddol i gyd yn gwybod ac ni fyddai gan y rheiny ddim rheswm dros beidio â dweud wrth eu teuluoedd a'u ffrindiau. Y tebyg oedd bod y pentref i gyd yn gwybod erbyn hyn. Byddai unrhyw gefnogwr cudd wedi cael cyfle i ddweud wrth y llosgwyr erbyn heddiw'r bore.

Wedi gorffen ei ginio, aeth Alun yn ei ôl i'w swyddfa a phenderfynodd ffonio pob aelod o'r bwrdd golygyddol y gallai gael gafael arnynt yr adeg honno o'r dydd a dweud wrthynt ei fod wedi newid ei feddwl ynglŷn ag ysgrifennu stori am y tân yn Nhy'n Rhos. Roedd ymateb pob un ohonynt yn ddigon i argyhoeddi Alun nad oedden nhw wedi cael eu bygwth. Er bod hyn yn gysur iddo, parodd iddo deimlo'n hynod o unig a diymgeledd ar yr un pryd.

O ran cywreinrwydd, penderfynodd Alun gadw ei

apwyntiad gyda'r Cwnstabl Williams y prynhawn hwnnw a hefyd efo'r gwyddonwyr fforensig yn y pencadlys y diwrnod canlynol. Go brin y byddai'r rheiny'n debygol o fod yn gefnogol i'r llosgwyr, tybiai Alun. A gallai grybwyll yr alwad fygythiol ar yr un pryd os teimlai fod hynny'n addas.

Am chwarter wedi pump, felly, cychwynnodd Alun am ei gyfarfod gyda'r Cwnstabl Williams y tu allan i Dy'n Rhos. Roedd y Cwnstabl yno o'i flaen. Cerddai o gwmpas adfail llosg y tyddyn a phan glywodd gar Alun yn nesáu daeth ar hyd llwybr yr ardd i'w gyfarfod.

'P'nawn da, Alun. Sut wyt ti heddiw, 'ma?'

'P'nawn da, Mr Williams. Dwi'n iawn, diolch. Fuoch chi yma'n hir?'

'Newydd gyrraedd ers rhyw bum munud.'

'Mi ddes i'n syth o'r swyddfa ond roedd y ffordd yn brysur heno 'ma,' meddai Alun gan edrych ar ei oriawr.

'Dim isio i ti ymddiheuro, Alun. Tyrd, mi awn ni i weld yr hynny sy ar ôl o'r hen le 'ma. Gofyn di dy gwestiynau pan wyt ti'n barod. Ond fel y dywedais i o'r blaen, alla i ddim dy helpu di ryw lawer.'

'Wel, dwi'n gobeithio cael y manylion technegol, fel petai, gan y gwyddonwyr fforensig. Roeddwn i'n meddwl y byddai heno'n gyfle da i mi gael gweld y lle drosof fi fy hun a chael gofyn cwestiwn neu ddau i chi. Duwcs, mae hi'n dechrau nosi'n barod. Gawn ni fynd i mewn i'r tŷ ei hun?'

'Cawn, wrth gwrs. Mae pobl y fforensig wedi cwblhau eu gwaith dwi'n credu. Hynny ydi, fyddan nhw ddim isio dod i weld y lle eto,' ychwanegodd y Cwnstabl.

Am rai munudau edrychodd Alun o'i gwmpas ar y difrod a'r llanast. Roedd y muriau'n dal i sefyll ond roedd y to a'r grisiau a'r nenfydau wedi eu dinistrio'n llwyr. Roedd olion du'r mwg yn drwch ar y muriau ac nid oedd modd adnabod y dodrefn o gwbl yn yr hen ystafell fyw. Sylwodd Alun fod fframiau metel y gwelyau wedi eu cordeddu am ffrâm yr hyn a dybiai oedd yn soffa. Roedd golwg drist ar y lle, tristach nag ar lawer i adfail, tybiai Alun. Mewn adfail tŷ a adawyd i natur, gellid gweld dinistr araf llaw amser a byddai presenoldeb planhigion yn arwydd positif – paradocsaidd, o bosib – o fywyd. Ond roedd rhywbeth marwaidd, terfynol ynghylch y lle hwn a gellid synhwyro'r casineb a symbylodd y weithred ddifaol.

'Chi oedd y cyntaf i weld y lle, yntê, Mr Williams?' gofynnodd Alun gan wybod nad oedd pwynt i'r cwestiwn ar wahân i dynnu ei sylw ei hun oddi ar y difrod digalon a'i fyfyrdodau.

'Ie, fi a Cwnstabl Roberts o'r Llan. Mi ddaethon ni yma ein dau gan fod hwn yn fater difrifol, er nad oedd 'na ddim byd y gallen ni'n dau ei wneud na allai'r naill ohonon ni fod wedi ei wneud heb y llall.'

'Mae 'na fwy o ôl llosgi yn fan hyn, on'd oes?' meddai Alun wedyn gan gerdded i ystafell arall.

'Dwi ddim yn amau nad wyt ti'n iawn, Alun. Rhyfedd hefyd, gan fod 'na lai i'w losgi mewn cegin fel arfer, am wn i.'

'Doedd 'na neb arall o gwmpas pan ddaethoch chi yma, debyg?' gofynnodd Alun gan ailafael yn ei holi.

'Dim ond Margaret Roberts a'i gŵr, y rhai a welodd y tân gyntaf. Roedd y llosgwyr wedi mynd. Hynny ydi, a chymryd bod 'na fwy nag un ohonyn nhw yntê?'

'Mi rydych chi'n cymryd yn ganiataol nad Margaret Roberts a Seth losgodd Dy'n Rhos felly!' gofynnodd Alun gan wenu. Roedd yn adnabod yr hen bâr parchus ers blynyddoedd a gwyddai na allent fod dan amheuaeth.

'*Dwi*'n cymryd hynny'n ganiataol, ydw, fel rwyt tithau dwi'n siŵr, Alun. Ond dydi'r pencadlys ddim yn eithrio neb, wrth gwrs, ac yn naturiol mi fu raid iddyn nhw roi datganiad.'

'Oedd 'na unrhyw beth anghyffredin ynghylch y tân arbennig yma, hyd y gwyddoch chi, Mr Williams?'

'Be wyt ti'n 'feddwl yn hollol?'

'Wel, mae'n rhaid bod 'na batrwm i'r ymosodiadau ar y tai haf 'ma. Oedd hwn yn debyg i'r lleill?'

'Alla i ddim ateb y cwestiwn yna i ti, Alun. Does gen i ddim syniad am y tanau eraill . . .'

'Wyddoch chi sut yr aethon nhw i mewn i'r tŷ neu sut y daru nhw gynnau'r tân?'

'Na, mae'n ddrwg gen i, ddim yn hollol. Torri'r drws i lawr wnaethon nhw, mae'n siŵr, a thywallt petrol ym mhob man.'

Gallai Alun weld bod y Cwnstabl caredig yn ymbalfalu am atebion.

'Gyrhaeddodd y gwyddonwyr fforensig tra oeddech chi'n dal yma?'

'Do.'

'Doedd ganddyn nhw ddim barn ar y pethau 'ma?'

'O bosib. Ond ddywedson nhw ddim byd wrtha i. Dau digon tawedog oedden nhw. Ac mae'n siŵr bod raid iddyn nhw fod yn ofalus be ddywedan nhw. Mi fuon nhw'n brysur iawn yn casglu a chrafu fel y dywedais i wrthot ti neithiwr ond faint cait ti wybod ganddyn nhw petait ti'n mynd i'w gweld nhw wn i ddim. Mae tân yn llosgi pob peth, pob tystiolaeth, am wn i. Dydi bois y pencadlys ddim wedi arestio neb eto er bod y busnes llosgi yma'n mynd ymlaen ers dros ddeng mlynedd bellach a dros gant o dai preifat wedi eu llosgi'n ulw, heb sôn am swyddfeydd y gwerthwyr tai 'ma ac yn y blaen. Ond siawns nad oes gen ti ddigon i wneud dy stori erbyn hyn, Alun?'

Câi Alun yr argraff fod Cwnstabl Williams yn dechrau blino ar ei gwestiynau ac nid oedd am gadw'r gŵr hoffus rhag ei swper yn hwy. Atgoffodd Alun ei hun mai rhan o'i waith oedd hyn i'r Cwnstabl, a rhan ddigon diflas mae'n debyg, yn enwedig o gofio bod ganddo deimladau mor gryf ynglŷn â'r llosgwyr. Felly, diolchodd Alun iddo am ei help ac wedi dymuno noswaith dda cychwynnodd am adref. Roedd yn benderfynol o gael pryd da o fwyd heno, yn enwedig gan ei fod wedi colli stori dda i'r *Cymydog* bellach.

Pennod 4

NI CHYSGODD ALUN yn dda o gwbl y noson honno. Deffrôdd yn ystod oriau mân y bore gan deimlo ei fod mewn perygl a bod rhywun yn ei fygwth, ac eto ni chofiai iddo fod yn breuddwydio cyn deffro. Cerddodd i'r tŷ bach yn y tywyllwch ac wrth fynd ar hyd y landin roedd gweld goleuadau'r stryd yn gysur iddo. Er ei fod wedi hen arfer byw ar ei ben ei hun roedd tawelwch y nos yn aflonyddu ei ysbryd o bryd i'w gilydd. Ar adegau felly fe deimlai un ai'n unig neu'n ofnus. Ofn a deimlai heno, yr ofn anesboniadwy hwnnw a ddaw o wybod eich bod ar eich pen eich hun mewn tŷ. Roedd gweld y sêr a düwch y ffurfafen yn chwyddo'r ofn rywsut. Roedd anferthedd diben-draw y bydysawd yn dwysáu'r ymdeimlad o unigrwydd.

Yn yr amgylchiadau hyn gallai meddwl blinedig Alun ddychmygu pob math o ddychrynfeydd. Cofiai fynd trwy'r tŷ ar ambell noson fel hon, yn rhoi'r holl oleuadau ymlaen ac yn chwilio y tu ôl i ddrysau ac o dan welyau, hyd yn oed, am ladron dychmygol. Er bod goleuadau oren y stryd yn gysur, roedd rhywbeth yn dal i'w boeni wrth iddo syllu trwy ffenest y landin ar y pentref cysglyd. Pam roedd y llosgwyr eisiau ei fygwth ef? Pa ddrwg y gallai *ef* ei wneud i'w hymgyrch? Pan gafodd yr alwad ffôn roedd yn rhy gynhyrfus i fedru meddwl yn glir ond erbyn hyn gwyddai fod rhywbeth o'i le. Er bod y demtasiwn yn gryf i gredu mai jôc sâl ar ran rhywun oedd y cyfan, roedd yn argyhoeddedig bod y sawl a'i ffoniodd yn hollol o ddifrif.

Cwestiwn arall a oedd yn ei boeni yn awr wrth iddo

edrych drwy'r ffenest ar dai ei gymdogion, oedd pwy yn y byd a fuasai'n debyg o roi gwybod i'r llosgwyr ei fod yn bwriadu llunio stori am yr ymosodiad ar Dy'n Rhos. Yn ei feddwl aeth trwy holl aelodau'r bwrdd golygyddol fesul un ac un. Roedd ambell un ohonynt yn aelodau o Gymdeithas yr Iaith a bron pob un ohonynt yn aelodau o Blaid Cymru. Doedd hynny ddim yn rhwystro Iwan Roberts rhag rhoi gwasanaeth yn ei siop i'r bobl ddŵad. A chwarae teg iddo yntau, fyddai cau unig siop y pentref oherwydd bod cwsmeriaid yn brin ddim o fudd i'r pentrefwyr cynhenid ychwaith. Doedd neb ymhlith aelodau'r bwrdd yn debygol o roi cefnogaeth ymarferol i'r llosgwyr er bod mwy nag un ohonynt wedi cyfaddef wrtho, yn ddistaw bach, fod yn rhaid iddynt gydnabod bod yr ymgyrch wedi gorfodi'r awdurdodau i wynebu problem y buasent wedi ei hanwybyddu fel arall. Ni allent gyfiawnhau'r dulliau – nid ar goedd o leiaf – ond roedd rhai o'r canlyniadau'n ddymunol iawn.

Wedi mynd trwy aelodau'r bwrdd golygyddol, aeth Alun trwy drigolion Pen-sarn o un pen i'r llall. Gallai gofio un neu ddau'n cwyno am y Saeson yn prynu tai lleol ac am y Cymru di-asgwrn-cefn a oedd yn gwerthu eu tai iddynt yn y lle cyntaf. Ond mewn gwirionedd roedden nhw'n rhy ddifater i roi pin ar bapur i ysgrifennu at eu haelod seneddol heb sôn am weithredu'n uniongyrchol. A ph'run bynnag, ymresymai Alun, o'r braidd y byddent mor barod i fynegi eu barn mor agored pe baent yn perthyn i gorff cyfrinachol o losgwyr.

Ymhen hir a hwyr dechreuodd llygaid Alun deimlo'n drwm unwaith eto a gadawodd ei fyfyrdodau a mynd yn ôl i'w wely. Ond ni chysgodd yn dawel.

* * *

Y bore wedyn am un ar ddeg o'r gloch, canodd y ffôn ar ei ddesg. Cofiodd ar unwaith mai'r adeg yma ddoe y cawsai ei alwad fygythiol. Cododd y ffôn yn araf amheus, a'i law yn crynu, er nad oedd yn disgwyl o ddifrif glywed y llais hwnnw eto.

'Dwi'n falch o glywed eich bod chi wedi cymryd fy nghyngor i.'

'Pwy dach chi?' gwaeddodd Alun ond clywodd y ffôn yn mynd i lawr y pen arall.

Teimlai ei hun yn crynu o'i ben i'w draed er ei fod yn cymryd bod y bygythiad wedi ei dynnu'n ôl bellach.

Wedi arllwys paned o goffi iddo'i hun a chael ei wynt ato, eisteddodd Alun yn ei gadair i ystyried goblygiadau'r alwad ddiweddaraf. Estynnodd ei lyfr nodiadau ac ysgrifennodd amser yr alwad a geiriau'r llais. Gwyddai nad oedd llawer o bwynt gwneud hyn bellach gan nad oedd rheswm i'r dieithryn ffonio eto, ond roedd y weithred o ysgrifennu yn help i setlo'i nerfau.

Gallai Alun gasglu un peth ar unwaith – roedd perchennog y llais wedi cael ar ddeall nad oedd am lunio'r stori i'r *Cymydog*. Roedd hi bron yn sicr, felly, mai rhywun yn y pentref oedd yn gyfrifol am drosglwyddo gwybodaeth amdano i'r llosgwyr. Ond roedd yn dal yn ddirgelwch iddo pam y byddai'r llosgwyr eisiau ei rwystro rhag cyhoeddi ei stori. Gan fod y bygythiad wedi mynd, fodd bynnag, roedd ei sefyllfa'n wahanol iawn bellach. Ac roedd Alun yn benderfynol unwaith eto o fynd ymlaen â'i ymchwil. Ni allai weld rheswm dros beidio â mynd i weld y gwyddonwyr fforensig ym mhencadlys yr heddlu fel y trefnwyd. Yn un peth, byddai'n brofiad hollol newydd.

Y prynhawn hwnnw, felly, gyrrodd Alun i bencadlys yr heddlu ym Mae Colwyn ac am hanner awr wedi tri union tywyswyd ef i'r labordai ar lawr isaf yr adeilad. Daeth gŵr di-Gymraeg o'r enw Martin Davies i'w gyflwyno'i hun iddo ac arweiniodd ef i ben pellaf un o'r labordai. Agorodd gist ffeiliau ac estynnodd ohoni ffeil las efo'r geiriau 'Ty'n Rhos' arni. Tynnodd ohoni ddwy dudalen a oedd yn cynnwys crynodeb o'i brif adroddiad ei hun i'r tîm a oedd yn ceisio datrys achos Ty'n Rhos.

'Mi allwn ni wneud copi o'r adroddiad yma ar ein ffordd allan,' meddai Martin Davies gan wenu'n gyfeillgar ar Alun. 'Mae o'n cynnwys popeth y bydda i'n medru dweud wrthoch chi am y tân arbennig yma ac felly mi gewch chi arbed gwneud nodiadau.'

'Ond dwi'n cymryd nad oes gennych chi wrthwynebiad i mi wneud nodiadau p'run bynnag?'

'Ddim o gwbl! Dim ond meddwl arbed gwaith i chi roeddwn i. Dwi'n siŵr y cewch chi rai o'r manylion yn dechnegol braidd, yn enwedig os nad oes gennych chi radd mewn gwyddoniaeth! Ond mi dria i roi esboniad heb eiriau technegol i chi rŵan ac wedyn, ddylech chi ddim cael unrhyw drafferth efo'r adroddiad yna.'

'Diolch yn fawr,' meddai Alun a oedd yn dechrau hoffi'r Martin Davies yma. 'Dwi ddim yn hollol siŵr ble i ddechrau efo fy nghwestiynau . . .'

'Peth anarferol i newyddiadurwr! Mae gennych chi ddigon o gwestiynau fel arfer,' meddai gan wenu eto.

'Oes, ond dydw i ddim wedi holi arbenigwr gwyddonol am dân mewn tŷ o'r blaen . . . Oes gennych chi amcan sut y cychwynnwyd y tân?'

'Fy mhartner i fyddai'r un i ateb y cwestiwn hwnnw, mewn gwirionedd, er ein bod ni wedi trafod y mater wrth gwrs. Fy rhan i yn y gwaith oedd dadansoddi cynnwys cemegol y gwahanol ddefnyddiau a gasglwyd gennym ni pan aethom ni i weld Ty'n Rhos. Hynny ydi, canolbwyntio ar yr adweithiau cemegol wnes i er mwyn ceisio dangos pa danwydd a ddefnyddiwyd a sut y lledaenodd y tân trwy'r tŷ ac yn y blaen.'

'Ydych chi'n gwybod pa danwydd a ddefnyddiwyd?'

'Ydan. Petrol.'

'Sut ydych chi'n gwybod hynny os ca i ofyn?'

'Heb fynd i fanylu gormod, mae gwahanol gemegau'n

dirywio neu'n newid mewn gwahanol ffyrdd dan effaith gwres mawr. Mae rhai cemegau llosgadwy'n gadael ôl, os liciwch chi. Dydyn nhw ddim yn cael eu distrywio'n gyfan gwbl gan y broses o losgi ond, yn hytrach, maen nhw'n adweithio mewn ffordd arbennig ac mae 'na brosesau cemegol y gallwn ni eu defnyddio i ddadansoddi olion gwahanol losgyddion. A ph'run bynnag, roedd patrwm y llosgi yn y tŷ yn dangos bod y tân wedi ei gynnau ym mhob rhan o'r un ystafell fwy neu lai ar unwaith ac nad lledu'n raddol o un fan ganolog y gwnaeth. Mae hynny'n awgrymu mai petrol – neu danwydd arall seiliedig ar olew – a ddefnyddiwyd. Ac mae petrol yn hawdd i'w gael.'

Doedd Alun ddim wedi deall hanner cyntaf yr esboniad yn hollol ond gofynnodd yn awr: 'Un stafell, ddywedsoch chi? Pam rhoi un stafell yn unig ar dân? Fyddai hi ddim yn haws iddyn nhw fod wedi tywallt petrol ym mhob ystafell a rhoi matsen i'r cyfan?'

'Na. Rydych chi'n gweld, mae 'na fanteision – o safbwynt y llosgwyr – o gael tân sy'n lledu'n araf. Yn un peth mae'n rhoi mwy o amser iddyn nhw ddianc. A pheth arall, mae'n rhoi gwell cyfle i'r tân wneud ei waith.'

'Dwi ddim yn siŵr mod i'n deall,' meddai Alun.

'Wel, bwriwch chi fod y bobl 'ma'n ceisio rhoi pob stafell i lawr y grisiau ar dân ar unwaith. Ymhen ychydig funudau mi fyddai gennych chi fflamau mawr y gellid eu gweld filltiroedd i ffwrdd – yn enwedig yn y nos pan mae'r llosgwyr 'ma wrthi. Wedyn mi ellid galw'r frigâd dân ac arbed y tŷ rhag difrod ofnadwy – hynny ydi, achub y trawstiau ac yn y blaen, ffrâm y tŷ, os liciwch chi. Ond mae tân sy'n lledu'n raddol yn cael gwell cyfle i losgi pob dim yn ulw cyn i unrhyw un sylwi. Ac erbyn i'r frigâd dân gyrraedd mae'r sioe drosodd – mae'r tŷ i lawr ac mae'r llosgwyr wedi hen ddiflannu. Ac, yn bwysicach fyth o bosib, mae unrhyw olion neu gliwiau a allai fod o

help i ni wedi diflannu yn y tân hefyd.'
'Pa fath o gliwiau?'
'Blew, croen, gwaed, dernynnau o ddeunydd eu dillad nhw, unrhyw beth mae'r llosgwyr yn ei adael a allai eu bradychu nhw. Rhowch eich llaw ar fy llawes i,' meddai Martin Davies gan estyn ei fraich i Alun. 'Rŵan, ar wahân i olion eich bysedd mi fyddwch wedi gadael mân ddarnau o ddeunydd eich siwmper a'ch croen, o bosib, ac mae modd i ni ddadansoddi'r pethau hyn . . .'
'Gawsoch chi unrhyw olion o'r fath?'
'Alla i ddim ateb y cwestiwn yna, yn anffodus. Nid fi sy'n gwneud y gwaith microsgopig ar ddefnyddiau ac yn y blaen. Fy mhartner i sy'n gyfrifol am waith felly – mae o'n gwybod mwy am waed, geneteg a'r ochr fiolegol na fi.'
'Fydd hi'n bosib imi weld eich partner chi heddiw?' gofynnodd Alun.
'Na fydd, dwi'n ofni. Mae o'n gweithio ar achos arall y p'nawn 'ma ond mae croeso i chi ei ffonio fo bore fory os liciwch chi.'
Daeth saib i'r sgwrs a chyn i Alun fedru gofyn ei gwestiwn nesaf ychwanegodd Martin Davies,
'Mi rydych chi'n dangos diddordeb neilltuol yn y busnes llosgi 'ma, Mr Ifans, os ca i ddweud. Gofyn cwestiynau technegol braidd. Fel arfer mae newyddiadurwyr eisiau gwybod oedd 'na ôl traed neu ôl teiars car, faint o bobl oedd yn gyfrifol, oedd ffenest neu ddrws wedi eu torri, oedd hi'n job broffesiynol, daclus neu'n waith blêr ac amaturaidd, faint o'r gloch y cyneuwyd y tân, faint o'r gloch cyrhaeddodd y frigâd dân a'r heddlu, a'r math yna o gwestiynau. Dim ond ar ôl cael atebion i'r cwestiynau sylfaenol 'ma mae ambell newyddiadurwr yn gofyn cwestiynau mwy manwl dechnegol, a hynny o ran cywreinrwydd personol.'
Edrychai Martin Davies i fyw llygaid Alun tra disgwyliai am ateb i'w gwestiwn.

'Wel, a bod yn onest,' meddai Alun 'wnes i ddim paratoi fy nghwestiynau'n ofalus iawn cyn dod yma. Mi ddes i gyda meddwl agored, dwi'n credu, gan ddisgwyl y basech chi'n medru dweud popeth am eich ymchwiliad a allai fod yn bwysig. Ond mi faswn i wedi gofyn am y pethau 'ma ymhen amser.'

Doedd Martin Davies ddim yn edrych yn argyhoeddedig ond cyn iddo gael cyfle i ymateb gofynnodd Alun: 'Oedd 'na ôl traed, felly?'

'Oedd. Dwy set. Roedd hi wedi bod yn bwrw glaw yn ystod y dydd ac mi roedd y pridd ar y llwybr a arweiniai at gefn y tŷ yn wlyb.'

Roedd y Cwnstabl John Williams yn ei le, felly, meddyliodd Alun, pan gymerodd yn ganiataol fod mwy nag un person yn gyfrifol am y llosgi.

'Trwy'r cefn yr aethon nhw i'r tŷ, felly?'

'Aethon nhw ddim i mewn i'r tŷ o gwbl yn ôl fy mhartner. Ond mi gaiff o roi'r stori lawn i chi,' dywedodd Martin Davies pan welodd y syndod ar wyneb Alun.

'Dwy set o ôl traed, ddywedsoch chi?'

'Mi rydan ni'n eithaf ffyddiog bod dau berson o leiaf yn gyfrifol am y tân yma yn Nhy'n Rhos. Esgidiau dynion mae'n debyg ond wrth gwrs mae'n bosib mai merched yn gwisgo esgidiau dynion oedden nhw. Mi ddaethon i'r ardd trwy glwyd yn y cefn sy'n arwain i gae ffarm gyfagos.'

'Tyn-y-pant,' meddai Alun.

'Dwi ddim yn cofio'r enw ond mi fydd o yn yr adroddiad. Beth bynnag, mi roedd yr ôl traed i'w weld yma ac acw trwy'r cae cyntaf a'r ddau gae nesaf i lawr at y lôn. Mi sathrodd un ohonyn nhw mewn tail gwartheg,' ychwanegodd Martin Davies gan chwerthin, 'ac mi gariodd o efo fo at y tŷ ar ei esgid chwith.'

'Oedd ganddyn nhw gar?'

'Roedd olion teiars dau feic i'w gweld ar y lôn.'

'Dau *feic*! Dydych chi erioed yn awgrymu bod y

llosgwyr wedi mynd ar gefn beic!' dywedodd Alun mewn syndod.

'Mae'r lôn, fel y gwyddoch chi mae'n siŵr, yn arwain at hen chwarel – lle da i barcio car heb i neb sylwi. Neu *geir*.'

'Oedd 'na fwy nag un?'

'Oedd. Roedd 'na olion teiars dau gar. Allwn ni ddim bod yn sicr bod y ddau gar yno yr un pryd, ond mae olion y teiars yn tueddu i awgrymu hynny. Wrth gwrs, mae'n bosib bod car arall wedi cyrraedd tra oedd y llosgwyr wrth eu gwaith – mae'n siŵr bod y chwarel yn lle cyfleus i gariadon, er enghraifft,' meddai gan wenu.

'Ond pam dau gar?'

'Wel, dim ond damcaniaeth sy gennyn ni ar hyn o bryd. Ond mae 'na le i gredu bod hwn yn batrwm cyffredin gan y llosgwyr. Rydyn ni'n meddwl eu bod nhw'n gweithio mewn parau ac mi rydyn ni'n credu ei bod hi'n bosib nad ydi'r naill bartner yn adnabod y llall.'

Edrychodd Alun yn syn ar Martin Davies.

'Be!'

'Ein tyb ni ydi eu bod nhw wedi dod o gyfeiriadau gwahanol i'r chwarel a bod trydydd person wedi gadael dau feic yno ar eu cyfer nhw. Mi fyddai'r beiciau'n ddefnyddiol ar y lôn gan eu bod nhw'n dawelach na char, wrth gwrs, ac mae 'na dipyn o waith cerdded o'r chwarel at y gamfa i'r caeau dan Dy'n Rhos – ac yn bwysicach, mi allen nhw ddianc yn gyflymach ar feiciau. Ar ôl iddyn nhw wneud eu gwaith mi aethon nhw'n ôl i'r chwarel a gyrru i ffwrdd i gyfeiriadau gwahanol – mae hynny'n sicr. Rydyn ni'n gweithio ar y ddamcaniaeth bod popeth wedi ei drefnu ymlaen llaw gan gnewyllyn o losgwyr sy'n dewis parau fel partneriaid nad ydyn nhw'n adnabod ei gilydd. Maen nhw'n trosglwyddo gorchmynion a gwybodaeth trwy negeseuwyr anhysbys. Fel hyn, petai rhywun yn cael ei ddal, fedrai o ddim datgelu enw ei bartner na neb arall sy'n perthyn i'r mudiad i ni. Dim ond y cnewyllyn yn y canol – ac nid y rhai sy'n gwneud y llosgi – sy'n gwybod enwau'r aelodau i gyd.'

'Be sy'n gwneud i chi gredu hyn? Gan nad ydych chi erioed wedi dal yr un ohonyn nhw – maddeuwch imi am ofyn – sut gallech chi wybod . . .'

'Dydw i ddim yn meindio i chi ofyn, wrth gwrs! Mae'r ffaith bod dros gant o dai wedi eu llosgi a neb wedi cael ei ddal yn dangos bod 'na gynllunio gofalus. Dydyn ni ddim yn delio efo criw o iobs sy'n mynd allan a llosgi ar ôl cael diod. Na, mae'r bobl hyn yn hynod drefnus a phroffesiynol. Disgybledig fel byddin,' meddai Martin Davies gan edrych i fyw llygaid Alun.

'Ydych chi'n trio dweud bod 'na gysylltiad . . . ?'

'Dwi ddim yn trio dweud dim byd. Ond mae 'na batrwm y gallen nhw ei efelychu.'

'Wnes i erioed feddwl am y peth fel 'na. Rhyw feddwl wnes i fod 'na griw bach yn gyfrifol am gynllunio a gweithredu'r cyfan eu hunain.'

'Os felly, maen nhw'n griw bach hynod brysur ac effeithiol. Maen nhw'n gwybod pa dai sy'n dai haf mewn dwsinau o bentrefi ac maen nhw'n gwybod pryd yn union maen nhw'n wag. Maen nhw'n gwybod sut i fynd at y gwahanol dai 'ma heb gael eu gweld. Maen nhw'n gwneud eu gwaith cartref yn drwyadl iawn – ac mi fyddai gwaith fel yna'n cymryd llawer iawn o amser i griw bach,' meddai Martin Davies gan oedi i adael i Alun werthfawrogi ei bwynt.

'A hyd yma, o leiaf,' aeth yn ei flaen, 'maen nhw wedi bod yn hynod ofalus i beidio â brifo neb a'r un mor ofalus i beidio â chael eu dal. Maen nhw'n gwybod sut i gynnau tân a losgith yn araf ac maen nhw'n ddigon call i ddefnyddio dulliau syml – dim byd soffistigedig nac arbenigol a fyddai'n medru eu bradychu nhw. Ac mae ganddyn nhw amcan go lew am wyddoniaeth fforensig hefyd.'

'Be ydych chi'n 'feddwl?'

'Wel, hyd y gwela i, dydi'r bobl hyn *erioed* wedi gadael ôl bys na bawd. Maen nhw'n gwybod bod dillad yn medru bradychu ac felly maen nhw'n gwisgo dillad sy'n gyffredin iawn. Maen nhw'n gwybod y gallwn ni drêsio esgidiau ac felly maen nhw'n gwisgo rhai cyffredin. Dydyn nhw byth yn torri ffenest – os gallan nhw beidio – na defnyddio arfau miniog, ac felly does dim perygl iddyn nhw adael gwaed.'

'O, ie,' meddai Alun gan gofio, 'mi ddywedsoch chi nad aethon nhw ddim i mewn i Dy'n Rhos?'

'Aethon nhw ddim i mewn, naddo. Hyd y gallen ni weld, doedd 'na'r un ffenest wedi'i thorri na drws ychwaith. Ond, fel y dywedith fy mhartner wrthoch chi, does dim angen mynd i mewn i dŷ i'w roi o ar dân. A ph'run bynnag, mi fyddai'r bobl yma'n gwybod yn iawn fod 'na larwm lladron ar Dy'n Rhos.'

'Nag oedd wir!' meddai Alun yn bendant. 'Wel, oni bai bod Mr a Mrs Smith wedi cael gosod un yn ddiweddar iawn.'

'Mi alla i eich sicrhau chi *fod* 'na larwm, Mr Ifans. Mi welais i o â'm llygaid i fy hun.' A gwelodd Alun Martin Davies yn estyn ei lyfr nodiadau ac ysgrifennu rhywbeth. Tybiai ei fod am ofyn cwestiwn neu wneud sylw ar fater y larwm ond caeodd ei lyfryn heb ddweud gair.

'Aethon nhw ddim i'r tŷ, felly?' ailadroddodd Alun eto er mwyn ailgychwyn y sgwrs.

'Naddo, mae hynny'n sicr yng ngolwg fy mhartner. Mi ân nhw i mewn os gallan nhw wneud hynny'n ddidrafferth achos mae 'na lai o beryg iddyn nhw gael eu gweld wrth eu gwaith. Ond fel y dywedais i, mi roedd 'na larwm ar y wal a hefyd gloeau ar y ffenestri. Felly, gan fod Ty'n Rhos yn dŷ dau lawr mi roedd hi'n haws cynnau'r tân o'r tu allan.'

'Sut hynny?'

'Petai o'n dŷ un llawr mi allen nhw fynd ar ben y to a

thywallt petrol i lawr y simdde. Neu, os ydi'r simdde wedi'i chau, mae'n ddigon hawdd tynnu llechen neu ddwy a thywallt y petrol i mewn neu hyd yn oed mynd i mewn i'r tŷ i gynnau'r tân.'

'Ddim os oes 'na larwm.'

'Pam lai? Wneith larwm ddim canu os tynnwch chi lechi'r to! Dydi pobl ddim yn meddwl am hynna pan brynan nhw larwm, wrth gwrs, ond y ffaith amdani ydi ei bod hi'n hawdd tynnu llechi ac yn hawdd, felly, dorri i mewn i unrhyw dŷ unig yn y wlad – larwm neu beidio.'

Roedd Alun yn synnu at hyn i gyd a rhyfeddai fod y gwyddonydd yn medru adrodd y cyfan mewn ffordd mor ffeithiol a difater.

'Beth am y blwch llythyrau? Dydi o ddim yn bosibl tywallt petrol trwy hwnnw heb fynd i'r drafferth o fynd i ben y to?' gofynnodd Alun gan deimlo'n falch ei fod – fel petai – yn dechrau gweld y broblem o safbwynt y llosgwyr.

'Mae hynna'n iawn mae'n debyg os oes 'na ddigon o bethau llosgadwy y tu ôl i'r drws ffrynt. Ond yn aml does 'na ddim digon i sicrhau bod y tân yn mynd i gydio. Ac mae hynna'n holl bwysig i'r bobl hyn. Dydyn nhw ddim wedi methu eto ac wrth gwrs mae hynny'n creu awyrgylch o ofn ac ansicrwydd ym meddyliau'r bobl sy biau tai haf neu sy'n ystyried prynu tŷ haf. Heb sôn am y cwmnïau yswiriant.'

'Pam y rheiny?'

'Wel, yn naturiol ddigon, maen nhw'n dechrau meddwl ddwywaith cyn cynnig yswiriant i berchenogion tai haf neu maen nhw'n codi'r premiwm.'

'Feddyliais i ddim am hynny,' meddai Alun.

'Ac wrth gwrs mae'r llosgwyr yn bygwth asiantwyr sy'n gwerthu'r tai 'ma hefyd ac mae hynny'n cael effaith ar y sefyllfa. Ac ymhen amser, os ceith y llosgwyr ddigon o gyhoeddusrwydd – pwy a ŵyr – efallai y bydd pobl o'r tu allan yn rhoi'r gorau i brynu tai yng nghefn gwlad

Cymru,' meddai Martin Davies gan wenu.

'Rydych chi'n siarad fel pe byddech chi'n falch petasai hynny'n digwydd.'

'Wel, mi faswn i, a dweud y gwir. Mae hi'n edrych yn ddrwg arnon ni ein bod ni'n methu dal y bobl 'ma. Maen nhw'n gwneud i'r heddlu edrych yn wirion a does neb yn hoffi meddwl ei fod e'n methu yn ei waith, nag oes? Mae'r holl sefyllfa yn creu pob math o broblemau a thensiynau mewnol i ni, ac mae'n rhaid bod y llosgwyr yn meddwl y cân' nhw losgi unrhyw dŷ unrhyw bryd mynnon nhw. A pheth arall, i fod yn onest efo chi, alla i ddim gweld pam y dylai rhai pobl fod yn berchen ar ddau gartref pan mae 'na gymaint o bobl digartref yn y wlad yma. Be ydy eich barn chi am y tai haf yma a'u heffaith nhw ar yr economi lleol?'

Teimlai Alun unwaith eto ei fod yn dechrau hoffi'r gŵr hawddgar hwn a oedd mor barod i fynegi ei farn bersonol pan allai guddio y tu ôl i agwedd swyddogol ddiduedd yr awdurdodau a gynrychiolai. Ond nid oedd am gael ei demtio i ateb ei gwestiwn. Ceisiodd ei atgoffa ei hun mai plismon wrth ei waith ydoedd, wedi'r cyfan, ac roedd yn bosib bod y swyddog ynddo yn amau bod gan Alun gydymdeimlad ag amcanion y llosgwyr.

'Mi alla i weld dadleuon Plaid Cymru,' meddai Alun o'r diwedd gan deimlo'n ddiogel yn crybwyll enw'r Blaid, 'dros geisio newid yn y gyfraith i ddiogelu hawliau pobl lleol . . .'

'Dydych chi ddim yn cyd-weld efo dulliau uniongyrchol, felly?'

'Dydw i ddim yn dweud . . .'

'Does dim isio i chi fod yn nerfus, Mr Ifans,' meddai'r swyddog craff. 'Dydw i ddim yn ceisio eich croesholi chi. Mae gan bawb ei farn.'

'Oes, wrth gwrs,' meddai Alun braidd yn nerfus o hyd.

'Oes gennych chi ragor o gwestiynau?'

'Na, dwi ddim yn credu. Mi rydych chi'n dweud mai

efo'ch partner chi y dylwn i siarad am y modd y cychwynnwyd y tân?'

'Ie, gan mai fo sy'n gyfrifol am yr ochr yna.'

'Os felly, Mr Davies, chymera i ddim rhagor o'ch amser chi. Diolch yn fawr iawn,' meddai Alun gan gynnig ei law iddo. 'Dwi wedi dysgu llawer heddiw.'

'Croeso. Peidiwch â sôn. Dwi'n gobeithio y cewch chi lwc efo'ch stori.'

Cofiodd Alun am y Llais ar y ffôn a châi ei demtio i ymddiried yn y dyn hwn efo'i lygaid caredig, ond ymataliodd. Serch hynny, gwelodd ffordd gyfrwys i'w holi.

'Mr Davies, maddeuwch imi am ofyn ond fyddwch chi ddim yn ofni bod yn gysylltiedig â gwaith terfysgwyr fel hyn?'

'Pam y dylwn i?'

'Does 'na ddim perygl iddyn nhw ddechrau eich bygwth chi?'

'Pam y dylen nhw 'mygwth i? Am wneud fy ngwaith dach chi'n 'feddwl?'

Nodiodd Alun.

'Wel, os na wna i'r gwaith yma mi wneith rhywun arall. Allan nhw ddim bygwth *pob* gwyddonydd yn yr heddlu neu mi fydden nhw wrthi am byth yn bygwth! P'un bynnag, mae'r bobl yma *isio* i'r heddlu wneud eu gwaith er mwyn iddyn nhw fedru dangos i'r byd ein bod ni'n methu yn y gwaith hwnnw. Ac maen nhw'n dibynnu ar bobl fel chi i drosglwyddo hanes eu llwyddiannau nhw i'r cyhoedd.'

'Wrth gwrs,' meddai Alun gan obeithio na allai'r gŵr hwn ddarllen ei feddyliau. 'Wel, diolch yn fawr eto.'

'Mi ddof i fyny at y ddesg efo chi ac mi wnawn ni gopi o'r adroddiad yma.'

'Iawn, diolch,' meddai Alun a oedd wedi anghofio'n llwyr am y ddogfen honno.

Pennod 5

PAN GYRHAEDDODD ALUN ei gartref y noson honno, roedd dau ddarn o bapur yn gorwedd ar y carped y tu ôl i'r drws ffrynt. Nodyn oddi wrth Trefor oedd y naill ohonynt. Dim ond llofnod Trefor oedd ar y papur, fodd bynnag, gan nad oedd wedi dysgu ysgrifennu ond ychydig eiriau – enwau cydnabod gan mwyaf. Roedd yn ddrwg gan Alun na fuasai gartref i'w groesawu gan ei fod yn mynd trwy gyfnod anodd iawn yn ei fywyd.

Cylchlythyr oedd y llall. Cododd Alun ef a darllen fersiwn Cymraeg y ddogfen ddwyieithog.

Cyfarfod Cyhoeddus Arbennig

> Am 7.30 heno cynhelir cyfarfod arbennig yn y Neuadd Goffa i drafod goblygiadau llosgi Ty'n Rhos i dwristiaeth yn ein hardal hyfryd ni. Bydd y Cynghorydd Gwilym Evans a dau aelod o'r Cyngor Sir yn annerch y gynulleidfa. Ymddiheurwn am fethu rhoi mwy o rybudd ond ein barn ni ydyw bod hwn yn fater pwysig dros ben sydd yn effeithio arnom i gyd. Hyderwn felly y cawn gefnogaeth barod trigolion Pen-sarn a'r cylch.
>
> J.O.Hughes
> Clerc y Cyngor Dosbarth

Er mor awyddus oedd Alun i fynd i weld ei gyfaill anghenus penderfynodd ar unwaith fod yn rhaid iddo fynd i'r cyfarfod hwnnw.

Roedd y Neuadd wedi ei llenwi â chadeiriau ond cynulleidfa ddigon tenau oedd yno pan gyrhaeddodd Alun a Glyn ychydig cyn hanner awr wedi saith. Er bod dros gant o bobl yn byw ym Mhen-sarn roedd llai na'u hanner yn y neuadd ac roedd y siom yn amlwg ar wyneb y Cynghorydd Gwilym Evans a wasanaethai Ben-sarn ar y Cyngor Dosbarth a'r Cyngor Sir hefyd. Roedd Alun yn synnu bod cynifer â hyn wedi dod i'r cyfarfod – yn enwedig ar fyr rybudd – a theimlai'n eithaf sicr mai dod i gael rhagor o fanylion am y llosgi a wnaethant yn hytrach na dod i wrando ar y dadleuon yn erbyn y llosgwyr.

'Mae golwg ddigon siomedig ar wyneb Gwilym Evans,' meddai Glyn yn dawel yng nghlust Alun tra oedd pawb yn disgwyl i'r cadeirydd ofyn am drefn. Roedd hi wedi hanner awr wedi saith erbyn hyn ac roedd J.O.Hughes, Clerc y Cyngor Dosbarth a Chadeirydd y Cyfarfod Cyhoeddus Arbennig, yn edrych ar ei oriawr yn bryderus. Roedd yn awyddus i gychwyn ond bod y Cynghorydd Gwilym Evans yn ei rwystro.

'A J.O. hefyd,' atebodd ei gyfaill dan wenu.

Aeth rhai munudau heibio a bu'r Cynghorydd Gwilym Evans yn edrych i gyfeiriad y drysau bob hyn a hyn gan obeithio y deuai rhagor o'i gyd-bentrefwyr i'r golwg. Erbyn ugain munud i wyth roedd y dorf yn dechrau aflonyddu a gellid gweld J.O.Hughes druan yn pwyso ar y Cynghorydd Gwilym Evans am ganiatâd i gychwyn y cyfarfod.

'Mae'n siŵr gen i fod y Cynghorydd Evans wedi disgwyl mwy o gynulleidfa na hyn i wrando ar ei areithio huawdl!' meddai Glyn wedyn.

'Oedd, debyg. Mae cynulleidfa fawr yn ei siwtio fo, dwi ddim yn amau. Maen nhw'n dweud ei fod o'n cael ei ffordd yn amlach na heb ar y Cyngor Sir.'

'Wel os eith o yn ei flaen yn rhy hir yn fan hyn . . .'

Ond cyn i Glyn fedru gorffen ei frawddeg safodd J.O.Hughes ar ei draed o'r diwedd a gofyn am drefn.

'Wel, gyfeillion, rydyn ni wedi aros yn ddigon hir dwi'n credu,' meddai'n bwyllog, 'ac felly mi gychwynnwn ni. Mi rydan ni wedi galw'r cyfarfod yma ar frys – ar ormod o frys efallai – er mwyn trafod mater llosgi Ty'n Rhos. Mi fyddwn ni'n dechrau'r cyfarfod trwy ofyn i'r Cwnstabl John Williams gadarnhau nad tân damweiniol oedd hwn ac i osod safbwynt yr heddlu. Yna bydd y Cynghorydd Gwilym Evans yn trafod effeithiau posibl peth fel hyn ar dwristiaeth yn yr ardal a thrwy hynny ar fywoliaeth llawer ohonon ni sy yma heno – y rhai sy'n cadw siopau, caffis, tafarnau ac yn cynnig llety i ymwelwyr ac yn y blaen. Wedyn . . .'

Gwyddai Alun fod y Cynghorydd Gwilym Evans yn ffyrnig yn erbyn yr ymgyrch llosgi tai haf a disgwyliai iddo ymosod yn danbaid a didrugaredd ar y llosgwyr. A chan fod y Cwnstabl John Williams ar y llwyfan hefyd – yn ogystal â dau aelod arall o'r Cyngor Sir – roedd yn amlwg ar unwaith mai cyfle i gondemnio'r llosgwyr fyddai hwn ac nid cyfle i drafod achos y drwgdeimlad a barai eu bod eisiau llosgi eiddo pobl.

Yn ei araith ef, amlinellodd y Cwnstabl John Williams hynny a wyddai am y tân. Ceisiodd gadw at y ffeithiau a thraddodai hanner cyntaf ei araith mewn llais swyddogol a diduedd. Sylwodd Alun fod y Cwnstabl yn honni bod yr heddlu'n 'bur siŵr' erbyn hyn fod o leiaf dau berson yn gyfrifol am y tân. Mae'n rhaid ei fod wedi bod yn siarad â Martin Davies neu ag un o'i dîm, meddyliodd Alun.

Yn ail hanner ei araith cyfeiriodd y Cwnstabl at gyfrifoldeb yr heddlu i ddiogelu eiddo personol a cheisio gweinyddu'r gyfraith. Pwysleisiodd bwysigrwydd bod yn wyliadwrus ac apeliodd am unryw wybodaeth a allai fod yn ddefnyddiol i'r heddlu wrth eu gwaith. Nid ei le ef oedd pregethu, meddai, ond mae'n siŵr bod y gynulleidfa'n cytuno mai dyletswydd holl ddinasyddion Prydain ydi sicrhau bod y gyfraith ac eiddo personol yn cael eu parchu. Ar hynny, eisteddodd yn sydyn.

'Mynd trwy ei bethau braidd yn hytrach na siarad o'i galon,' meddai Glyn tra oedd cyfran o'r gynulleidfa'n curo dwylo'n frwd.

'Gwneud ei waith, Glyn. Petaset ti wedi'i glywed o y noson o'r blaen pan oedd o'n siarad ar ei aelwyd ei hun mi faset ti'n gwybod lle mae ei galon o.'

Boddwyd geiriau nesaf Glyn gan y gymeradwyaeth gynnes a gafodd y Cynghorydd Gwilym Evans, yr oedd ei enwogrwydd cynyddol yn dechau dwyn bri i bentref Pen-sarn, pan safodd ar ei draed.

Byrdwn neges y Cynghorydd, fel roedd pawb yn disgwyl, oedd bod ymosod ar eiddo dieithriaid yn groes i'r traddodiad Cymreig, hir o roi croeso i bobl o'r tu allan i'r gymuned. Rhoddodd wers hanes i'r gynulleidfa am y parch traddodiadol y tybiai oedd gan y Cymry Cymraeg at y gyfraith – cyfraith Dyn yn ogystal â chyfraith Duw. Pobl grefyddol fu'r Cymry erioed, meddai, a gwyddent fod caru'ch cyd-ddyn yn gyfystyr â charu Crist. Honnodd ymhellach mai gwarth o beth oedd bod pobl yn symud yn eu plith a wyddai am y llosgwyr ac a'u hamddiffynnai a'u llochesu. Mae'n debyg bod y llosgwyr, meddai, yn tybio eu bod yn ymddwyn yn wlatgar trwy losgi tai Saeson. Os felly, pwysleisiodd, nid oedd ef ei hun yn wladgarwr yn ôl eu diffiniad cul nhw a chaent gadw eu gwladgarwch. Ac onid gwladgarwch o fath gwyrdroëdig oedd yn gorfod dibynnu ar ddulliau isel, dirgel, anghyfreithlon ac annheilwng o unrhyw gymdeithas a honnai ei bod yn wâr? Yn y bôn, barbariaid digydwybod, fandaliaid heb wir achos, oedd y llosgwyr. Gorffennodd y Cynghorydd Gwilym Evans ei araith rymus trwy gyfeirio at effeithiau economaidd niweidiol dychryn ymwelwyr ymaith a chlodd trwy apelio unwaith eto am i unrhyw un a oedd yn caru ei wlad helpu'r awdurodau i ddod o hyd i'r drwgweithredwyr.

Eisteddodd y Cynghorydd Gwilym Evans a derbyn y gymeradwyaeth y teimlai ei fod yn ei haeddu. Roedd ei huodledd ef ei hun wedi dwysáu ei arddeliad. Ac yn wir, roedd ei huodledd wedi argyhoeddi nifer sylweddol o'r gynulleidfa hefyd a barnu oddi ar faint y gymeradwyaeth a gafodd y Cynghorydd.

Clustfeiniai Alun i glywed sylwadau'r rhai o fewn clyw tra oedd y gynulleidfa'n dal i guro dwylo.

'On'd ydi o'n siaradwr da?' gofynnodd un hen wreigan i'w phartneres.

'Yn urddasol iawn, mi ddywedwn i Mrs Jones.'

'Ie, urddasol ydi'r gair, Mrs Davies.'

'A gyda'r fath argyhoeddiad hefyd,' ychwanegodd ei chymdoges.

'O ie,' meddai Mrs Jones fel pe na bai'n hollol siŵr beth oedd ystyr y gair hwnnw.

'Ac eto,' aeth Mrs Davies yn ei blaen, 'mae'n rhaid imi gyfadde na wnes i ddim deall *popeth* oedd ganddo fo i'w ddweud. Braidd yn rhy bregethwrol ei ffordd ar adegau efallai.'

'Wel, mi *roedd* o wedi meddwl mynd i'r weinidogaeth ar un adeg wyddoch chi, ond bod yr hen wraig ei fam o yn erbyn ac yntau . . .'

Trodd Alun i wrando ar rywun arall. Ond yna peidiodd y gymeradwyaeth yn sydyn ac aeth pawb yn dawel unwaith eto pan gyflwynodd J.O.Hughes y siaradwr nesaf. Ar ganol ei araith ef trodd Glyn at Alun yn sydyn gan edrych ar ei oriawr a dweud: 'Gwranda, mae'n rhaid imi fynd. Tyrd draw i'r Railway am ddiod wedyn ac mi ga i weddill yr hanes gen ti.'

'Hei, cyn i ti fynd,' meddai Alun. 'Wyt ti wedi gweld Trefor heddiw?'

'Naddo. Pam?'

'Mi ges i nodyn drwy'r drws ganddo fo. Meddwl oeddwn i efallai ei fod o'n teimlo'n isel.'

'Mi a' i heibio'i dŷ o a dweud wrtho fo y byddi di yn y Railway.'

'Iawn,' meddai Alun gan droi i wynebu'r siaradwr eto.

Ar ôl i'r pedwerydd siaradwr orffen ei araith, gwahoddodd y Cadeirydd sylwadau o'r llawr. Ar unwaith, safodd Rhisiart ap Glyn – cadeirydd cangen leol Plaid Cymru – ar ei draed. Nid oedd neb yn synnu at hyn gan fod Rhisiart ap y cyntaf ar ei draed ym mhob cyfarfod ac ni chollai unrhyw gyfle i fynegi ei farn yn uchel a chyhoeddus. Roedd wedi ceisio am sedd ar y Cyngor Dosbarth ar fwy nag un achlysur ac roedd yn awyddus iawn i wasanaethu ei gymuned. Gorawyddus o bosibl, oblegid byddai ei gyd-bentrefwyr yn pleidleisio i bobl eraill er mwyn ei gadw oddi ar y Cyngor er y buasai, fel y gwyddai pawb, wedi cyflawni ei ddyletswyddau'n gydwybodol iawn. Cytunai llawer fod ganddo syniadau da ond methai drefnu ei feddyliau ac roedd hynny, ynghyd â'i danbeidrwydd, yn llethu amynedd rhai ac yn dychryn eraill. Serch hyn i gyd, cawsai gadeiryddiaeth cangen leol y Blaid yn ddiweddar.

'Mr Cadeirydd,' cychwynnodd Rhisiart ap Glyn yn glir a hyglyw. Roedd ganddo lais annisgwyl o gryf o ddyn mor fyr, mor denau ac mor eiddil yr olwg. A chan na ellid gweld ei geg fach yn agor oherwydd ei farf drwchus, flêr, a'i fod yn tueddu i sefyll yn llonydd am gyfnodau hir pan siaradai, ymddangosai ar adegau fel robot mewn siwt lwyd.

'Mi rydan ni wedi clywed llawer iawn o gondemnio ar y llosgwyr heno ac mi hoffwn i achub ar y cyfle hwn i ddatgan fy nghefnogaeth i a chefnogaeth Plaid Cymru i'r hyn a ddywedwyd gan y siaradwyr ar y pwynt hwnnw o'r llwyfan – yn sicr! Mae'n ddyletswydd arna i i ddweud – fel Cadeirydd newydd y gangen leol – ac i'w wneud o'n berffaith glir . . . em, mai polisi Plaid Cymru yw condemnio'r difrodwyr hyn bob cyfle a gawn.'

Parodd y sylw hwn rywfaint o chwerthin ond nid oedd

Rhisiart ap yn deall pam. Tybiodd, fodd bynnag, y dylai aralleirio rhag ofn nad oedd ei ystyr yn glir. Rhoddodd ei law dde'n nerfus ar gwlwm ei dei i sicrhau ei fod yn syth ac edrychodd yn reddfol ar y nodiadau yn ei law chwith am gynhaliaeth. Yn union fel petai'r gweithredoedd hyn wedi adfer ei hunanhyder aeth yn ei flaen. 'Hynny ydi, Mr Cadeirydd, mae'r Blaid gant y cant yn erbyn dulliau tor-cyfraith ac mi hoffwn i ategu eich apêl am i unrhyw un sydd yn ein pentref ni roi gwybodaeth i'r awdurdodau priodol os oes ganddyn nhw unrhyw wybodaeth a allai fod o help i ddatrys y . . . y busnes yma.

'Wedi dweud hynny, Mr Cadeirydd, dydw i ddim yn credu y dylen ni ymfodloni heno ar gondemnio'r rhai fu'n gyfrifol am losgi Ty'n Rhos heb inni hefyd ofyn y cwestiwn beth sydd yn eu cymell nhw i losgi tai haf. Ac yn hyn o beth, Mr Cadeirydd, rydw i'n credu bod rhaid inni dderbyn bod 'na rywbeth mawr o'i le pan mae 'na bobl lleol sydd yn methu fforddio prynu cartrefi lleol oherwydd bod pobl o'r tu allan yn medru talu pris uwch amdanyn nhw . . .'

'Clywch, clywch,' meddai sawl llais er rhyddhad i Rhisiart ap.

'Yr hyn rydw *i* a'r Blaid yn ei awgrymu . . .'

'Ond be faset ti'n ei wneud, Rhisiart,' torrodd llais arall ar ei draws, 'petaet ti isio gwerthu dy dŷ di a mynd o 'ma i fyw? Paid â dweud na faset ti'n gwerthu dy dŷ am y pris uchaf gait ti.'

Roedd sŵn cytundeb i'w glywed ymhlith y gynulleidfa er gofid i Rhisiart ap. Ac yn lle defnyddio apêl Cadeirydd y Cyfarfod am dawelwch fel cyfle i fynd ymlaen â'r araith a baratoesai, dewisodd Cadeirydd y Blaid gyfeirio at y cwestiwn.

'Dwi'n ddigon bodlon dweud sut y baswn i'n mynd o'i chwmpas hi i werthu fy nhŷ, Mr Cadeirydd, pe bawn i'n meddwl symud o'r ardal yma – er nad ydw i ddim, cofiwch – ond dwi ddim yn credu mai i drafod fy nhŷ i y daethon ni yma heno.'

Daeth ocheneidiau o'r gynulleidfa ac awgrymiadau ei fod yn osgoi'r cwestiwn. Teimlodd Rhisiart ap Glyn gwlwm ei dei unwaith eto a sythodd ei sbectol.

'Os ca i ddweud Mr ap Glyn,' meddai'r Cynghorydd Gwilym Evans gan neidio ar ei draed eto, 'nid dod yma i drafod polisïau Plaid Cymru y gwnaethon ni ychwaith. Peidiwch â throi hwn yn gyfarfod gwleidyddol, os gwelwch yn dda!'

Agorodd Rhisiart ap Glyn ei geg i ateb y cwestiwn ond boddwyd ei ymdrech cyn iddo fedru yngan gair. Daeth cymeradwyaeth fawr oddi wrth y mwyafrif mawr a sylweddolai nad mater gwleidyddol oedd llosgi tŷ haf o gwbl. Ac er bod y Cynghorydd Llafur yn anwybyddu rheolau'r cyfarfod trwy wneud hynny, ychwanegodd cyn i'r Cadeirydd Llafur wrth ei benelin gael cyfle i alw am drefn:

'Mater o dorcyfraith ydi hyn a dim arall. Does dim ots beth ydi polisi'r Cyngor Dosbarth na'r Cyngor Sir – a dwi'n gwybod yn iawn eich bod chi'n mynd i geisio ffeindio bai arnon ni, fel petaen ni ein hunain wedi tanio'r fatsen a losgodd Dy'n Rhos – y ffaith amdani ydi bod gan Mr Daniel Smith berffaith hawl dan y drefn Brydeinig rydych chi'n ei ffieiddio gymaint i brynu tŷ lle bynnag licith o, yn yr un ffordd ag y bydd gennych chi Mr ap Glyn – *os* ewch chi o'r wlad 'ma i fyw – berffaith hawl i brynu tŷ yn unrhyw ran o Loegr neu'r Alban neu Iwerddon neu weddill Ewrop am wn i! Ac mi roedd gan berchennog Ty'n Rhos berffaith hawl i werthu ei gartref i bwy bynnag licia fo!'

Roedd synnwyr chwarae teg y Cynghorydd Gwilym Evans wedi ennyn cymeradwyaeth fonllefus ac roedd sawl un ar ei draed yn curo dwylo a gweiddi. Gwnaeth y Cadeirydd ymdrech lew i ddistewi'r dorf ond dim ond apêl bersonol y Cynghorydd Gwilym Evans ei hun a lwyddodd i ailsefydlu trefn. Yn y cyfamser, sylweddolodd Rhisiart ap Glyn ei fod wedi colli sylw'r gynulleidfa ac eisteddodd yn dawel gan deimlo ei fod yn cilio o faes y gad.

'Fel rydw i'n dweud, felly,' aeth y Cynghorydd yn ei flaen '– ac mi fydd y Cwnstabl John Williams y mae pawb yn y pentref yma yn ei adnabod ers blynyddoedd ac yn ei barchu'n fawr yn ategu hyn – mater o gyfraith ydi hyn ac nid llwyfan gwleidyddol i chi na neb arall.'

Roedd Rhisiart ap Glyn ar fin agor ei geg i'w amddiffyn ei hun pan neidiodd Robert Williams, ffarmwr wedi ymddeol, ar ei draed a gweiddi:

'Wel, er nad ydw i ddim yn aelod o Blaid Cymru, dwi'n cytuno efo Mr Rhisiart ap Glyn os ydi o'n trio dweud y dylai tai lleol fod ar gael i bobl lleol. Mae fy nheulu i wedi bod yn byw yn y pentref yma ers pum cenhedlaeth ac mi roedd Wil, y mab acw, yn methu cael tŷ yn unman er bod ganddo fo job dda tua'r dre 'cw. Roedd o a'i wraig yn gorfod byw efo ni am flwyddyn ac wedyn yn gorfod symud o'r ardal a rhoi'r gorau i'w job. Pa synnwyr sy 'na yn hynna?'

'Ie,' meddai gwraig ganol oed, a aned yn y pentref, mewn llais cymedrol, 'waeth be ddywedwch chi am dwristiaeth, mae'r bobl ddŵad yma – pob parch iddyn nhw fel unigolion – yn gwneud mwy o ddrwg nag o ddaioni . . . Hyd y gwela i . . .'

Roedd y wraig ym ymbalfalu am ei brawddeg nesaf pan safodd Iwan Roberts, a gadwai garej a siop ym Mhen-sarn, ac a oedd yn aelod o fwrdd golygyddol *Y Cymydog*, ar ei draed a chyfarch y gynulleidfa gyda llais a awgrymai fod y siaradwr yn ei ystyried ei hun yn ddyn rhesymol iawn.

'Dwi'n credu, gyfeillion, ein bod ni'n drysu dau beth. Nid twristiaid ydi'r bobl sy'n prynu'n tai ni. Twristiaid *oedden* nhw, efallai. Ond unwaith maen nhw'n prynu tŷ – fel y prynais innau'r garej a'r tŷ pan ddes i yma i fyw ddeng mlynedd yn ôl – maen nhw'n troi'n drigolion. Ac fel trigolion mae ganddyn nhw'r un hawliau â ni . . .'

'Rwyt ti'n methu'r pwynt, Iwan,' meddai un arall o ffermwyr hŷn yr ardal yn bwyllog. 'Mi rydan ni'n byw yma ers cenedlaethau, rai ohonon ni. Dyma'n cartref ni, dyma'n tir ni, dyma'n gwlad ni! Dyw'r rhan fwyaf o'r bobl ddŵad yma – pob parch i Mr a Mrs Swinburne a Mr Williamson draw acw – ddim yn dysgu'n hiaith ni a dydyn nhw ddim yn deall ein ffordd ni o fyw.'

Gwrandawai pawb yn dawel ar yr henwr hoffus a siaradai mor ddigyffro yn awr. Roedd parch mawr iddo yn yr ardal ac ystyrid ef yn ddyn teg, caredig a mwyn.

'Mae'n wir, Mr Cadeirydd,' aeth yr henwr yn ei flaen, 'bod y llosgwyr 'ma'n peryglu twristiaeth a hoffwn i ddim i neb feddwl am eiliad fy mod i'n cymeradwyo eu gwallgofrwydd nhw, ond faint o golled ydi hynny mewn gwirionedd? Ac i bwy tybed?'

'Be ydych chi'n 'feddwl yn hollol, Edward Humphries?' gofynnodd y Cynghorydd Gwilym Evans a oedd wedi bod yn aros am gyfle i siarad eto. 'Mewn ardal fel hon lle mae cymaint o bobl yn ddi-waith mae unrhyw incwm a gawn ni yn fendith ac mae o'n siŵr o helpu pawb yn y gymdeithas.'

'Ond fel y dywedsoch chi eich hun gynnau,' aeth Edward yn ei flaen, 'y tafarnwr, y siopwr a phobl busnes sy'n gweld yr arian . . .'

'Ond mae'r rheiny'n cylchredeg yr arian wedyn,' meddai'r Cynghorydd Gwilym Evans yn ddiamynedd.

'Wel, dydyn nhw ddim yn rhoi eu pres i mi, Mr Evans, mi alla i eich sicrhau chi,' meddai Edward wedyn ac am y tro cyntaf llenwyd y neuadd â sŵn chwerthin.

'Ond y pwynt pwysig . . .' meddai Rhisiart ap Glyn a oedd ar ei draed eto ac yn awyddus i beidio â gadael i'r drafodaeth ddirywio. 'Y pwynt pwysig ydi nad ydi prynu tŷ haf yn cyfrannu nemor ddim i'r economi lleol ac mae'n hen bryd i'r Cyngor sylweddoli hyn a gweithredu i helpu'r bobl sy'n byw yma. Mae'r tai haf yma'n wag drwy'r flwyddyn pan allen nhw fod yn gartrefi i deuluoedd lleol – fel Wil Sam a'i wraig – a dydi eu perchenogion nhw ddim yma'n ddigon hir i wario llawer o arian.'

'Reit wir,' meddai Jac Davies, tafarnwr lleol, 'welson ni mo'r Mr Smith – neu beth bynnag oedd ei enw o – yn y lle acw *unwaith.* Dydi cwsmeriaid fel'na'n dda i ddim i dafarnwr! Twristiaid go iawn rydyn ni isio, nid pobl y tai haf yma.'

'Gyfeillion,' meddai llais digynnwrf y Parch John Davies a gododd yn araf i gyfarch y gynulleidfa 'os ca i ddweud, mi rydyn ni'n anghofio mai *pobl,* wedi'r cyfan, ydi'r rhai rydych chi'n cyfeirio atyn nhw fel dieithriaid neu bobl ddŵad. Pobl fel chithau a finnau,' meddai gan edrych o'i gwmpas ar bawb yn ei dro, yn union fel y gwnâi yn ei gapel.

'Pobl efo teimladau, pobl efo teuluoedd, pobl o gig a gwaed. Ddylen ni ddim bod yn siarad amdanyn nhw fel petaen nhw'n ymwelwyr o blaned arall – nid bod . . . ond ta waeth am hynny rŵan. Mae hanes yn dangos bod cymdeithas yn newid o hyd. Nid rhywbeth sy'n aros yn ei unfan yn dragwyddol ddigyfnewid ydi cymdeithas, er bod 'na rai yn ein plith ni a fyddai'n hoffi troi cefn gwlad Cymru yn rhyw fath o amgueddfa fyw. Na! Mae pobl a llefydd yn newid o hyd. Pobl ddŵad ydi'r rhan fwyaf ohonon ni petaen ni'n mynd yn ôl yn ddigon pell. Cyn agor y chwarel ar ddechrau'r ganrif ddiwethaf doedd 'na neb o gwbl yn byw yn y fan lle mae'n pentref ni'n sefyll heddiw. Dwi'n methu gweld bod gennym ni hawl i gadw pobl allan am y rheswm syml nad ydyn nhw'n siarad yr un iaith â ni . . .'

'Ond nid dyna'r pwynt,' ailafaelodd Robert Roberts ynddi gan synhwyro nad oedd gan aelodau'r gynulleidfa lawer o gydymdeimlad efo gweledigaeth hanesyddol eu pregethwr. 'Beth bynnag ydi eu hiaith nhw maen nhw'n cadw pobl lleol rhag prynu tai da oherwydd eu bod nhw'n well eu byd na ni ac yn medru fforddio talu pris uwch.'

'Ac mae hynny, Mr Cadeirydd,' meddai Rhisiart ap Glyn a oedd ar ei draed eto, 'yn effeithio ar yr economi lleol.' Ac eisteddodd yn fuddugoliaethus ar unwaith gan deimlo ei fod wedi gwneud pwynt da trwy droi dadl y Cynghorydd Gwilym Evans wyneb i waered. Ond nid oedd ei glyfrwch mor amlwg i weddill y gynulleidfa a bu distawrwydd am rai eiliadau nes i'r Cynghorydd Gwilym Evans siarad eto.

'Fel y dywedais i o'r blaen, mi rydyn ni yma i drafod achos o dorcyfraith a sut y gallai hynny effeithio ar dwristiaeth. Dydyn ni ddim yma i drafod iaith a diwylliant ac yn y blaen. Pethau eilradd ydi'r rheiny. Mae'n rhaid i ni . . .'

Ond bu raid i'r Cynghorydd Gwilym Evans dewi wedi iddo fethu rhag-weld yr effaith a gâi crybwyll iaith a diwylliant yn y goleuni hwn. Gwyddai pawb fod y Cynghorydd, a fagwyd ar aelwyd uniaith Gymraeg ac nad oedd wedi cael manteision addysg ffurfiol, yn hynod falch o'i feistrolaeth o'r Saesneg. Ond collodd gydymdeimlad trigolion ei bentref genedigol ar unwaith yn awr.

'Sut gallwch chi ddweud nad ydi iaith yn bwysig?' gwaeddodd un llais yn uwch na'r lleill a brotestiai.

'Nid dyna dwi'n ei ddweud o gwbl . . .'

'Wel mae hi'n swnio fel petaech chi'n poeni mwy am golli arian y Sais nag am golli iaith eich rhieni.' Mynegodd sawl un ei gydymdeimlad â'r siaradwr a bellach anwybyddai pawb y Cadeirydd.

Ar hynny, gan synhwyro bod trefn wedi ei cholli, safodd gŵr ifanc, tal ar ei draed a dweud yn uchel: 'Waeth be ddywedwch chi am dwristiaeth ac economi ac yn y blaen, Mr Evans, mae'r Saeson yn prynu'r pentre 'ma dan ein trwynau ni. Fydd 'na ddim Cymry ar ôl yma cyn bo hir a fydd 'na ddim economi *lleol* i'w helpu. Saeson fydd bia'r lle 'ma i gyd!'

'Ie! Y blydi Saeson 'di'r drwg! meddai Sam Llywelyn, gŵr tew yn ei dridegau cynnar a wisgai oferôls a chap. 'Eisiau eu hel nhw o 'ma sydd.'

Roedd ambell un yn cytuno'n frwd â'r safbwynt goleuedig hwn a gwenai eraill yn dawel iddynt eu hunain. Ond gallai Alun weld bod sawl pen wedi troi i edrych ar yr ychydig Saeson oedd yn bresennol. Edrychai'r rhan fwyaf yn ddisgwylgar i gyfeiriad Mr Samuel druan a oedd wedi gwneud ei orau glas i ddysgu Cymraeg ers iddo symud i Ben-sarn i fyw ar ôl ymddeol ddwy flynedd yn ôl. Yn anffodus, ni fedrasai ddysgu Cymraeg hyd yn oed mewn pentref mor Gymreig â Phen-sarn. Nid diffyg cynhenid a esboniai hyn, fodd bynnag, ond amharodrwydd y rhan fwyaf o'i gymdogion i siarad Cymraeg ag ef. Chwarddai rhai am ben ei ymdrechion cynnar ac roedd hyn yn boenus i ŵr swil fel ef. Yn y diwedd, penderfynodd dalu am gwrs iaith ffurfiol yn y dref ac yn y fan honno, ymhlith dysgwyr eraill, y câi'r cyfle gorau i ymarfer yr iaith. Ymhlith y bobl hynny y gwnaethai ei ffrindiau bellach hefyd.

Safodd Mr Samuel ar ei draed yn awr ac yn ei ffordd ddiymhongar o siarad, a'i gwnâi yn hoff gan lawer o'r pentrefwyr, dywedodd:

'I'm afraid I can't answer you well enough in Welsh, but I understand enough of your lovely language to know that there are some people here tonight who resent our presence.' A chychwynnodd am y drws er bod nifer o'i gymdogion yn ceisio cydio yn ei fraich ac egluro nad oedd y siaradwr diwethaf wedi lleisio barn y mwyafrif.

Erbyn hyn roedd sawl un ar ei draed a phawb yn siarad ar draws ei gilydd. Roedd y Parch Iwan Lewis yn gresynu at ddiffyg Cristnogaeth ei gyd-bentrefwyr ac eraill at ddiffyg cwrteisi'r siaradwr diwethaf at y Saeson

yn eu plith. Dadleuai eraill, fodd bynnag, fod llawer o broblemau eu cymdeithas glòs yn tarddu o'r ffaith bod Saeson wedi dod i fyw i'w plith. Clywodd Alun lais cyfarwydd yn dweud: 'Ylwch, dyma ni'n ffraeo ymhlith ein gilydd a pwy ydi'r achos? Y Sais, wrth gwrs!' Ac eisteddodd i lawr.

Llwyddodd y Cadeirydd, ymhen hir a hwyr, i gael rhyw lun o drefn a mynegwyd sawl safbwynt arall yn ystod gweddill y drafodaeth a ddilynodd. Gwyntyllwyd llawer o deimladau – rhai ohonynt yn gryf. Cadwodd y Cynghorydd Gwilym Evans yn dawel, fodd bynnag, a threuliodd weddill y cyfarfod yn gwrando yn lle siarad. Daeth y cyfarfod i ben toc wedi hanner awr wedi naw. Rhoddwyd cyfle arall i'r Cwnstabl apelio am i bobl fod yn wyliadwrus ac yna diolchwyd yn ffurfiol i'r siaradwyr ac i'r gynulleidfa am ddod i'r cyfarfod.

Wrth gerdded allan o'r Neuadd dan fân siarad efo hwn a hon, gwelodd Alun Mrs Thomas, hen ffrind i'w fam, yn anelu tuag ato.

'Hylô Alun. Sut wyt ti?'

'Iawn diolch, Mrs Thomas. A chithau?'

'Iawn 'sti. Biti am Ty'n Rhos 'ntê? Hen le bach hyfryd ac mewn llecyn mor lyfli hefyd. Ond rhyngot ti a fi,' meddai'r wreigan hoffus, ddireidus gan glosio'n gyfrinachol at Alun, 'petawn i'n gwybod pwy losgodd y tŷ faswn i ddim yn dweud wrth y plismyn, na faswn i wir er cymaint dwi'n hoffi'r hen John Williams. Ac mae 'na lawer yr un fath â fi yn y pentre 'ma. Mae 'na ormod o Saeson yn byw yma'n barod, dydyn ni ddim isio mwy o'r diawled. Sgin i ddim amser iddyn nhw a'u hen Saesneg. *Anyway,* alla i ddim siarad eu hiaith nhw, fel y gwyddost ti. Mae'r Gymraeg wedi bod yn ddigon da gen i erioed. Ond wedyn, mi rwyt ti'n ifanc ac yn troi mwy ymhlith Saeson mae'n siŵr.'

'Ydw, mae'n debyg,' meddai Alun a deimlai braidd yn anwladgarol o'i gymharu â'r hen ffrind i'r teulu.

'Ac yn siarad ac yn sgwennu'r iaith yn well na fi. Ond wedyn ches i ddim addysg fel chi'r pethau ifanc heddiw. Doedd 'na ddim cyfle yn ein dyddiau ni . . .'

Tra daliai Mrs Roberts i siarad a hel atgofion am yr hen ddyddiau, edrychai Alun arni ond clustfeiniai am sylwadau pobl eraill.

'Fasai gen i ddim digon o gyts i'w wneud o fy hun,' clywai ŵr ifanc yn cyfaddef wrth ei gyfaill, 'ond dwi ddim yn gweld bai ar y llosgwyr 'ma o gwbl. Meddwl di am . . .' ond ni allai Alun glywed rhagor.

'O'r nefoedd!' meddai Mrs Thomas gan ddychryn Alun. 'Dyma Glenda Evans, Tŷ Cerrig. Dwi'n mynd, Alun bach. Mi wela i di eto. Galw draw am baned rywbryd. Mi fydd Tom yn falch o dy weld ti eto.' Ac i ffwrdd â'r hen wreigan ddoniol nerth ei thraed.

'Alun!' meddai Glenda Evans, gwraig y Cynghorydd Gwilym Evans, a throdd Alun tuag ati. 'Be wnewch chi o gyfarfod fel yna 'ntê? Pawb yn siarad ar draws ei gilydd a fawr o neb yn cadw at y pwynt. Mi fydd yn anodd i chi sgwennu'ch adroddiad i'r *Cymydog*.'

'Dwi ddim yn gwybod ai fi fydd yn sgwennu'r erthygl, Mrs Evans. Mae 'na aelodau eraill o'r bwrdd golygyddol yma heno ac efallai y cawn ni gyfraniad gan rywun arall.'

'Ond mae gynnoch chi'r fath steil yn eich gwaith, Alun!'

'Diolch yn fawr, Mrs Evans,' atebodd Alun yn amheus a wyddai Mrs Glenda Evans unrhyw beth am arddull.

'Dyna dwi'n ei ddweud am y fisitors hefyd. Dod â dipyn o steil – dipyn o fywyd – i'r hen le 'ma. Mae hi mor dda eu gweld nhw yma. Mi gawson ni gwpwl o Surrey yn aros yn y garafán yr haf 'ma – aros am dair wythnos i gyd. Pobl gwrtais, hynod ffasiynol a gwybodus. Dod â dipyn o garacter i le mor ddiarffordd, mi fydda i'n meddwl. Ac fel y dywedodd Gwilym yn ei araith, cyfrannu i fywyd economaidd yr ardal yntê? O, dyma fo

Gwilym ar y gair.'

'Hylô, Alun.'

'Hylô, Mr Evans.'

'Dweud oeddwn i, Gwilym, y dylai Alun grybwyll beth ddywedaist ti am y fisitors yn dod ag arian i'r economi gwledig yn ei erthygl i'r *Cymydog*.'

'Wel, gobeithio y gwnewch chi, Alun.'

'Ond fel y dywedais i, dwi ddim yn siŵr mai fi fydd yn sgwennu'r adroddiad.'

'Wel,' meddai Mr Evans gan gau un llygad ar Alun a chlosio ato, 'triwch eich gorau i grybwyll prif bwyntiau fy araith i yn *Y Cymydog* y tro nesaf. A chrybwyll mor aflywodraethus oedd y lleiafrif eithafol o wrthwynebwyr.'

Roedd Alun ar fin gofyn 'Pa wrthwynebwyr?' ond dan wenu dymunodd Mr a Mrs Evans nos da iddo. A oedd hi'n bosibl bod y dyn hwn yn gweld pawb nad oedd yn cytuno ag ef fel gwrthwynebwyr? Roedd Alun yn benderfynol na chytunai i lunio'r erthygl pe gofynnid iddo wneud. Roedd yn amlwg na fyddai'n hawdd crisialu cyfraniadau'r gwahanol siaradwyr i bum paragraff neu chwech ac roedd hi yr un mor amlwg na fyddai pawb yn derbyn pa ddehongliad bynnag a roddid ar y drafodaeth heno. Roedd Alun am osgoi cael ei gyhuddo o ochri â neb.

Gwisgodd ei gôt a thynnu ei goler i fyny wrth fynd allan i'r noson oer a gwyntog. Safodd am eiliad i edrych i gyfeiriad Ty'n Rhos, er na ellid ei weld o'r pentref, gan feddwl cymaint o helynt yr oedd y lle hwnnw wedi'i achosi eisoes. Anelodd ei gamre wedyn am y Railway i roi adroddiad i Glyn ar y cyffro a fu yn y Neuadd Goffa wedi iddo ymadael.

Yr oedd wedi bwriadu hefyd sgwrsio â Trefor druan ond pan alwasai Glyn yn ei dŷ roedd hwnnw wedi mynd allan am dro i'r mynydd yn ôl ei arfer.

Pennod 6

ROEDD Y BORE wedyn yn un o'r boreau hyfryd hynny a gawn weithiau yn ystod yr hydref hwyr, yn union fel petai'r haf am roi un cynnig arall arni cyn ildio o'r diwedd i rod y tymhorau. Roedd rhyw ffresni yn yr awyr ac roedd yn gynnes annisgwyl. Tywynnai'r haul yn anhymhorol o lachar a phan agorodd Alun lenni ei lofft fe'i trawyd o'r newydd gan brydferthwch syfrdanol ei ardal enedigol. Penderfynodd ar amrantiad nad âi i'w swyddfa y bore hwnnw; fe fanteisiai ar y system oriau hyblyg i fynd am dro i'r mynyddoedd.

Wedi cael ei frecwast, cychwynnodd ar hyd y lôn o'r pentref a arweiniai heibio Ty'n Rhos. Roedd rhywbeth yn ei ddenu yno unwaith eto i gael gweld y difrod drosto'i hun. Pan gyrhaeddodd yr hen giât fetel ar waelod gardd ffrynt Ty'n Rhos a'i hagor, sylwodd ei bod yn gwichian mor uchel ag erioed. Roedd y sŵn cyfarwydd hwnnw wedi osgoi effaith y tân, meddyliodd Alun – roedd o leiaf un peth heb newid. Ac wrth sefyll yno clywai clust ei gof leisiau o'r gorffennol a gallai weld golygfeydd teuluol yn ei ddychymyg. Ymddangosai'r cyfan mor bell yn ôl erbyn hyn, fel petai'r tân wedi cyflymu treigl amser a datod am byth y clymau sy'n cydio'r presennol wrth y gorffennol. Wrth edrych ar yr adfail trist, teimlai Alun fod rhywbeth terfynol ddychrynllyd yn y weithred o losgi'r tŷ. Yn ei feddwl ef roedd y tân wedi creu bwlch annaturiol yn nhrefn pethau. Nid oedd erioed wedi ystyried yr effaith emosiynol o'r blaen pan glywsai am dŷ haf yn cael ei losgi.

Heb wybod am beth yn hollol yr oedd yn chwilio, aeth

Alun i'r adfail ac edrych o'i gwmpas. Edrychai'r lle yn union yr un fath â phan ddaethai i'w weld gyda'r Cwnstabl John Williams – fframiau metel y dodrefn; y teledu, y fideo a'r stereo wedi toddi yn y gwres mawr; ôl mwg ar y waliau a haen denau o ludw dros bob peth. Oeddan, mi roedd y llosgwyr yn gwybod eu gwaith, fel y dywedodd Martin Davies. Dim ond y muriau allanol ac un wal frics oedd yn dal i sefyll.

Aeth Alun drwodd i'r gegin a sylwi unwaith eto mai yn y fan honno yr oedd ôl mwg amlycaf. A chofiodd ar unwaith ei fod wedi anghofio gofyn i Martin Davies at ba ystafell roedd o'n cyfeirio pan ddywedodd mai mewn un ystafell yn unig y cyneuwyd y tân. Tybiai Alun mai hon oedd yr ystafell ond cofiodd hefyd fod angen digon o ddeunydd llosgadwy. Doedd dim llawer y gellid ei losgi mewn cegin, yn nhyb Alun, a ph'run bynnag, sut allen nhw losgi'r gegin heb ddod i mewn i'r tŷ?

Gwthiodd Alun y cwestiwn o'i feddwl ond gwnaeth nodyn yn ei lyfryn bach ar gyfer yr ail wyddonydd fforensig. Aeth rownd i gefn y tŷ ac anelu am y giât yng ngwaelod yr ardd gefn. Gallai weld ôl traed yma ac acw yn y pridd o hyd. Agorodd y giât a arweiniai o'r ardd yn syth i gae William Roberts a gadwai fferm gyfagos. Penderfynodd Alun ddilyn camre'r llosgwyr i lawr at y lôn a arweiniai i'r hen chwarel. Croesodd y cae ac aeth dros y gamfa i'r cae nesaf a dechrau croesi hwnnw. Yna, yng nghanol y cae, sylwodd fod y gamfa i'r cae nesaf wedi mynd a bod y wal gerrig yn gyfan. Edrychodd ar hyd y wal a gwelodd fod camfa newydd ryw ganllath yn is i lawr. Cerddodd at y gamfa newydd ac edrych yn ôl yn reddfol at y gamfa gyntaf a groesodd. Ond ni allai weld honno oherwydd bod y tir yn codi o'i flaen.

Croesodd Alun y gamfa newydd a cherddodd i gyfeiriad y lôn ym mhen pellaf y cae isaf. Wrth gyrraedd y lôn clywai sŵn tractor ac ymhen ychydig daeth William Roberts i'r golwg. Daeth gwên fawr i'w wyneb rhadlon pan welodd Alun, a gofiai yn blentyn bach.

'Sut wyt ti ers tro, Alun?' meddai gan ddiffodd yr injan.

'Reit dda, William Roberts. A chitha?'

'Reit dda ydw innau hefyd. Dwyt ti ddim yn gweithio heddiw, dywed?'

'Ddim y bore 'ma. Gweithio p'nawn 'ma.'

'Dydych chi erioed yn gweithio *shifts* mewn *office* y dyddiau 'ma, debyg?'

'Na,' atebodd Alun dan chwerthin. 'Oriau hyblyg, William Roberts.'

'Oriau hyblyg,' ailadroddodd yr henwr clên. 'Be ydi'r rheiny, dywed?'

'Mae o'n golygu y ca i weithio pryd bynnag licia i, fwy neu lai, dim ond i mi wneud hyn a hyn o oriau mewn mis o waith.'

'Taw,' meddai William Roberts a oedd yn amlwg yn methu deall sut y gallai'r fath system weithio. 'Wel, mae o wedi mynd yn fyd rhyfedd iawn, Alun. Dwn i ddim faint o bobl yn ddi-waith; yr oriau "hyblyg" rwyt ti'n eu galw nhw; ac maen nhw'n dweud wrtha i fod 'na ffatrïoedd tua'r dre acw lle maen nhw'n gweithio *twenty four hours a day* drwy'r flwyddyn!'

'Oes, mae 'na lefydd felly yn y dre, William Roberts. Maen nhw'n cadw'r peiriannau i fynd trwy'r amser oherwydd ei bod hi'n llai costus iddyn nhw wneud hynny na'u troi nhw i ffwrdd a gorfod eu hailgychwyn nhw wedyn.'

'Ac mae rhywun yn bownd o fod yno drwy'r nos yn cadw llygad ar y peiriannau, mae'n debyg?' gofynnodd yn ddiniwed.

'Oes,' atebodd Alun a oedd yn mwynhau'r teimlad a gâi yng nghwmni'r henwr ei fod fel petai'n sgwrsio â rhywun o ganrif wahanol nad oedd wedi clywed am y Chwyldro Diwydiannol.

'Dyma'r byd rhyfeddaf welais i erioed,' meddai William

Roberts wedyn fel petai wedi ymweld â llawer o fydoedd yn ei oes. Yna, cododd ei lygaid i gyfeiriad Ty'n Rhos. 'Ac mae 'na bethau digon rhyfedd yn digwydd o gwmpas hen le tawel fel hwn hefyd y dyddiau 'ma.'

Roedd tinc trist yn llais William Roberts a throsglwyddwyd y tristwch hwnnw i ysbryd Alun. Roedd gweld yr adfail yng ngolau dydd a gweld yr hen ffermwr, yn awr, wedi ei wneud yn ymwybodol iawn o'r golled ofnadwy a achosid gan losgi tŷ. Bu'n fyfyrgar am funud ac yna cofiodd am y gamfa newydd.

'Pam daru chi symud yr hen gamfa yn Cae Canol, William Roberts?'

'Wel, mi roedd y llall wedi pydru, Alun, a doedd hi ddim yn y lle gorau a bod yn onest. Roedd hi'n iawn yn y top 'cw pan fyddwn i isio mynd i Gae Un ond mae'r un newydd yn is i lawr ac yn well i hen un fel fi.'

'Pryd codsoch chi'r un newydd?'

'Yr wythnos dwytha 'ma. Dydd Mercher. Y diwrnod cyn y tân. Ac mae'n gas gen i feddwl mai traed y bobl drwg yna oedd y rhai cyntaf i gerdded drosti hi – ar wahân i 'nhraed i fy hun, wrth reswm.'

'Gaeoch chi'r bwlch lle roedd yr hen gamfa yr un diwrnod?'

'Do, yr un bore. Pam wyt ti'n gofyn?

'Wel, dwi wedi bod yn meddwl lot am y busnes yma, William Roberts, a dwi'n dechrau gofyn cwestiynau am bob dim. Rhag ofn.'

'Wel ie,' meddai William Roberts heb arwydd ei fod wedi deall. 'Wel, mae'n well i mi ei throi hi, Alun. Mynd am dro i ben y mynydd wyt ti, debyg, efo dy oriau hyblyg?'

'Ie, heibio'r chwarel yn gyntaf dwi'n credu.'

'Hwyl fawr 'te.'

'Hwyl,' atebodd Alun a gwylio'r tractor yn diflannu i lawr y lôn gul. A'i gefn at y mynydd fel hyn, roedd Alun yn wynebu tua'r môr a ddisgleiriai yn y pellter. Er gwaethaf y tristwch a deimlai, roedd y tywydd bendigedig wedi creu golygfa ogoneddus a lenwai ei ysbryd ag ymdeimlad o ddaioni, a phan gyfeiriodd ei gamre tua'r mynydd llenwyd ef â llawenydd, y llawenydd o fod yn fyw ac yn holliach, o fod yn greadur â synhwyrau a'r gallu i werthfawrogi prydferthwch. Ac wedi'r cyfan, beth oedd Ty'n Rhos iddo ef mwyach? Am gyfnod byr bu'n gartref i ddieithriaid nad oeddynt wedi ymweld â Phensarn fwy na theirgwaith, hyd y gwyddai. Ac erbyn hyn roedd yn adfail ac ni allai achosi mwy o ddrwgdeimlad beth bynnag oedd yr amgylchiadau diwylliannol, ieithyddol ac economaidd. Mewn ffordd, roedd dadleuon neithiwr yn amherthnasol bellach lle roedd Ty'n Rhos yn y cwestiwn. Roedd y tŷ'n rhan o'r gorffennol erbyn hyn.

Cerddodd Alun yn ei flaen heibio i'r hen chwarel lechi gan geisio dyfalu ble byddai'r ddau losgwr wedi gadael eu ceir. Wrth ei bwysau, ymlwybrodd i ben y mynydd ble'r arferai ddod yn fachgen bach efo'i fam a'i dad i gael picnic yn yr haf. O ble y safai'r maen triongl ar ben y mynydd, gallai Alun weld yr hen chwarel oddi tano ac yna ei bentref ei hun. Ymhellach eto, gallai weld dau neu dri o bentrefi cyfagos ar hyd y ffordd a arweiniai tua'r dref. Gallai weld ambell adeilad yn y dref ei hun. Ac yn y pellter, gallai weld Môn a Phen Llŷn, a Môr Iwerddon yn gefndir i'r cyfan. Mewn lle mor hardd a hwn teimlai Alun fod y weithred hyll o losgi yn anghydnaws a melltithiodd y llosgwyr dan ei wynt.

Yr eiliad nesaf, fodd bynnag, roedd ei feddwl teg yn ceisio gweld y weithred o safbwynt y llosgwyr. Roedd yn amhosibl i rywun fel Alun fethu gweld y rhesymau a yrrodd eithafwyr i fod yn eithafol. Roedd yn ymwybodol ei fod ef ei hun, ar fwy nag un achlysur yn ystod ei fywyd, wedi teimlo casineb greddfol at ddieithriaid a oedd yn newid cymeriad ei bentref. Ond roedd rhywbeth dof yn ei bersonoliaeth a oedd yn fodlon derbyn y drefn gymdeithasol roedd wedi arfer â hi. Yn y bôn, doedd ganddo ddim byd yn erbyn i Saeson a dieithriaid eraill ddod i fyw yn ei ardal enedigol – a gorau oll os dysgent yr iaith. Wedi'r cyfan, roedd yn dda meddwl y gallai yntau fynd i fyw i Loegr pe dymunai.

Ond, ym meddwl Alun, un peth oedd symud i Gymru i fyw a pheth arall oedd prynu tŷ ar gyfer penwythnosau achlysurol a gwyliau. Roedd Alun yn erbyn y syniad o adael i dai sefyll yn wag gydol y flwyddyn pan allent fod yn gartrefi i bobl lleol. Cofiai fynd i Ardal y Llynnoedd efo nifer o ffrindiau coleg rai blynyddoedd yn ôl. Aethant i aros mewn tŷ gwyliau mewn pentref tebyg i Bensarn. Yno, hefyd, roedd hen chwarel wedi'i chau gan adael degau o ddynion ar y clwt. Yno, hefyd, roedd diboblogi a diweithdra. Yno, hefyd, roedd dibyniaeth gynyddol ar y fasnach dwristiaeth. Fel Pen-sarn, safai'r pentref hwnnw yn ymyl mynyddoedd bendigedig a ddenai gerddwyr ac ymwelwyr eraill wrth y fil. Roedd rhai o'r rheiny wedi penderfynu prynu tai lleol er mwyn arbed y gost a'r drafferth o aros mewn gwesty. A phwy a allai weld bai arnynt? Nid arnynt hwy oedd y bai bod y cwmnïau gwerthu tai lleol yn pwyso am y pris gorau posibl. Nid arnynt hwy oedd y bai bod ganddynt ddigon o arian i fedru fforddio dau dŷ neu ragor. Ac eto, cofiai Alun deimlo'n euog gydol yr wythnos honno oherwydd ei fod o'n cyfrannu, mewn ffordd ddigon di-nod o bosib, at y broses araf oedd yn gwasgu pobl o'u cynefin.

Yr hyn a ddigiai Alun yn bennaf yn achos y sefyllfa yng Nghymru oedd gorbarodrwydd rhai i roi'r bai i gyd ar y Saeson. Y Cymry lleol, wedi'r cyfan, oedd yn gwerthu eu tai i bobl o'r tu allan. Arnynt hwy, yng ngholwg Alun, roedd y bai i raddau helaeth. Ac eto, pwy a allai weld bai ar y gwerthwyr am ddymuno ychydig o arian at eu hymddeoliad?

Wrth gyrraedd cyrion y pentref ar ei ffordd yn ôl, gan basio Ty'n Rhos unwaith eto, bu'n rhaid i Alun gyfaddef iddo'i hun nad oedd wedi rhoi llawer o ystyriaeth i fater y tai haf nes i Dy'n Rhos gael ei losgi. Roedd ganddo swydd yn y dref a oedd yn talu'n eithaf; roedd ganddo gar bach digon hwylus a âi ag ef i bobman; ac roedd ganddo dŷ teras yn y pentref nepell o'r lle y ganed ef. Sylweddolai ei fod yn dda ei fyd a gwyddai iddo fod yn ffodus iawn ar hyd ei oes. Yr eiliad honno teimlai gywilydd o'r ffaith ei fod mor barod i anwybyddu problemau nad oedd a wnelo ef â nhw yn uniongyrchol.

Safodd am funud i edrych ar y pentref oddi tano. Dacw'r ysgol i ddechrau. Pan oedd yn blentyn, rhyw un neu ddau o blant oedd yno o deuluoedd di-Gymraeg ac erbyn iddynt fod yno fis neu ddau roeddynt yn siarad Cymraeg bron cystal â phawb arall. Doedd ganddyn nhw ddim dewis, mewn gwirionedd. Erbyn hyn, fodd bynnag, roedd dros hanner y plant o deuluoedd di-Gymraeg. Ond hyd yn oed pan oeddynt yn dal yn lleiafrif, roedd rhai o'r rhieni wedi pwyso am sefydlu ffrwd Saesneg ac wedi bygwth deisebu i'r Cyngor Sir. Ildio wnaeth y prifathro, Tom Pritchard, a oedd o fewn pum mlynedd i ymddeol ar y pryd. Erbyn hyn, roedd y Cymry Cymraeg yn troi i'r Saesneg ar iard yr ysgol – a'r tu allan hefyd – ac roedd rhai rhieni'n dechrau sôn am sefydlu ffrwd Gymraeg.

Edrychodd Alun ar hyd y Stryd Fawr, i fyny un ochr ac yn ôl ar hyd yr ochr arall, gan gyfrif nifer y tai a oedd yn nwylo Saeson a'r rhai oedd yn dal yn nwylo teuluoedd lleol. Syweddolodd wrth wneud hyn fod nifer y tai a berthynai i Gymry wedi bod yn mynd yn llai bob blwyddyn. Yn wir, ni allai gofio unrhyw dŷ yn y pentref yn cael ei werthu i Gymry yn ystod y pum mlynedd ddiwethaf. Ac wrth feddwl am y Cymry a oedd wedi gwerthu eu tai, pobl a oedd yn gyfeillion a chydnabod ers bore oes, cofiai lawenydd pob un pan gawsant gynnig pris da am eu cartrefi. Ni allai weld bai arnynt fel unigolion ond wrth edrych i lawr ar Ben-sarn yn awr gallai weld canlyniad gwerthu tai i ddieithriaid anghyfiaith. Diwylliant ar encil oedd eu hen ddiwylliant Cymreig bellach ac iaith ar drai oedd y Gymraeg hithau. Am y tro cyntaf yn ei fywyd ystyriodd Alun o ddifrif oblygiadau hyn i ddyfodol ei bentref. A theimlai'n ddiymadferth.

Beth oedd y diwylliant Cymreig bellach, p'run bynnag, gofynnai iddo'i hun mewn ymgais i ymysgwyd o'i ddiymadferthwch a'i ddigalondid annisgwyl. Yr eiliad honno digwyddodd godi ei lygaid a gweld hen boster treuliedig ar bolyn teligraff yn hysbysebu gornest rhwng Big Daddy a rhyw ymgodymwr llai adnabyddus. Cofiodd y cynnwrf a achosid yn y pentref gan bresenoldeb rhywun mor enwog yn y dref gyfagos a threfnwyd bws arbennig ar gyfer yr achlysur mawr. Y *Top Forty*, y ffilmiau Americanaidd, a ffasiynau dillad a gwallt cylchgronau Saesneg oedd biau hi bellach. Beth oedd yn Gymreig ynghylch y diwylliant lleol erbyn hyn? Hyd yn oed yn y fan hon, ar arfordir gorllewinol Cymru, roedd *Radio One* yn ymwthio i lofftydd yr ifainc ym mythynnod diarffordd y llecynnau mwyaf tawel ac anghysbell. Roedd sgrechflwch yn nhafarn fach y pentref lle bu canu corawl gynt. Ac yn y dref roedd clwb nos newydd agor drws nesaf i ble yr arferai un o dywysogion Gwynedd gynnal ei lys, ac enw'r perchennog mewn llythrennau breision y tu allan gyda'r teitl 'The New Prince of Wails'.

Ymddangosodd popeth cyfoes mor ddigalon o ddi-Gymreig i Alun y munud hwnnw. Beth oedd y Gymraeg ym Mhen-sarn bellach? Y capel tri chwarter gwag; Merched y Wawr, a olygai i Alun famau canol oed neu hŷn; y Blaid, a ddibynnai bron yn gyfan gwbl ar y dyrnaid o ddysgedigion – athrawon a phobl y goler wen – ac nad oedd yn denu aelodau o drwch y boblogaeth; a'r Gymdeithas Gymraeg – sef cyfuniad o aelodau Merched y Wawr a'r Blaid, fwy neu lai. Yr un wynebau, yr un ymdeimlad llethol â dyletswydd i gynnal diwylliant ar encil. Rhywbeth i'w amddiffyn oedd eich Cymreictod, nid rhywbeth y gellid ei fwynhau ohono'i hun. Roedd hyn yn arwydd sicr o farweidd-dra diwylliant yng ngolwg Alun –

y ffaith bod rhywun yn dragwyddol ymwybodol o ddifodiant peryglus o agos. Pa gadarnhad pellach fod yr iaith ar drai roedd ei angen na bod cymdeithas lenyddol un o bentrefi Cymreiciaf Cymru yn ei galw ei hun 'Y Gymdeithas Gymraeg'?

Aethai Alun i deimlo'n ddigalon iawn wrth ystyried y pethau hyn a llu o bethau eraill am ei bentref ei hun. Ond wrth gerdded heibio i'r siop, pwy a welodd ond Jonathan Myers, gŵr ifanc o Buckinghamshire a ddaethai i fyw i Ben-sarn ryw flwyddyn yn ôl ac a oedd wedi dysgu siarad Cymraeg yn rhugl.

'Sut wyt ti, Alun. Dydw i ddim wedi dy weld di ers rhai dyddiau.'

'Dwi'n iawn, diolch, Jonathan. Mi fues i ym Manceinion dros y penwythnos efo rhyw waith i'r cwmni acw.'

'O,wela i. Alla i ddim aros rŵan; rhaid imi fynd 'nôl i'r ysgol. Hoffet ti ddod draw am baned a sgwrs fach heno 'ma?'

'Iawn, grêt,' meddai Alun gan chwerthin iddo'i hun. Roedd 'paned a sgwrs' yn rhan o syniad Jonathan o'r hen ffordd Gymreig o fyw. Dyna'r bywyd gwledig, gwerinol y daethai i chwilio amdano a chyfranogi ohono pan ddaeth i fyw i bentref diarffordd yng nghefn gwlad Cymru i chwilio am ei wreiddiau ar ochr ei fam. Roedd Alun a Jonathan yn ffrindiau mawr bellach ond cofiai Alun y cymysgedd rhyfedd o siom a bodlonrwydd ar wyneb ac yng ngeiriau Jonathan y tro cyntaf y daethai i'w weld. Ar y pryd, roedd Alun ar fin agor potel o win Bordeaux a chynigiodd wydraid i Jonathan. Roedd yn ymddangos nad ystyriai Jonathan yfed gwin yn beth Celtaidd iawn i'w wneud ac nad oedd yn cyd-fynd â'r ddelwedd newydd ohono'i hun a'i gymuned Gymreig. Roedd gwin yn beth Ewropeaidd a modern, meddai, wedi cael gwydraid neu ddau, ond roedd yn rhaid iddo gyfaddef ei fod yn hoff ohono.

Edrychai Alun ymlaen at weld Jonathan. Roedd yn

gwmni difyr dros ben ac, ar hyn o bryd yn arbennig, roedd ei bresenoldeb yn arwydd o obaith ac o ddyfodol i'r iaith Gymraeg. Os oedd gŵr ifanc, dawnus fel hwn yn fodlon mynd i'r drafferth o ddysgu iaith ddieithr, pan oedd cynifer o siaradwyr naturiol yr iaith yn ei hesgeuluso, ac ymroi wedyn i drosglwyddo'r iaith honno mewn ysgol gynradd wledig, yna pa hawl oedd ganddo *ef* i deimlo'n besimistaidd?

Aeth Alun yn ôl i'r tŷ yn teimlo ychydig yn well ar ôl gweld Jonathan. Roedd y ffôn yn canu pan aeth trwy'r drws a rhuthrodd i'w ateb.

'Hylô?'

'Dwi'n deall eich bod chi'n dal i holi.'

Taflwyd Alun oddi ar ei echel.

'Dydw i ddim! Gwrandwch . . .'

Sylweddolodd Alun nad oedd y ffôn wedi mynd i lawr a'i fod, am y tro cyntaf, yn mynd i gael cyfle i siarad â'r Llais.

'Un munud dwi'i isio gennych chi.'

'Hanner.'

'O'r gorau, hanner. Dydw i ddim yn bwriadu sgwennu'r stori, mi alla i eich sicrhau chi. Dyna be oeddech chi 'isio 'ntê?'

'Rhowch y gorau i holi.'

'Ond pa ddrwg mae hynna'n ei wneud i chi?'

Ond aeth y ffôn i lawr.

'Damio!' meddai Alun gan daro'r ffôn i lawr. Am y tro cyntaf, nid ofn yn unig a deimlai wrth feddwl am y Llais ond teimlai'n ddig oherwydd yr annhegwch hefyd. Roedd o *wedi* ufuddhau i'w ddymuniad. Pam ar y ddaear na ddylai gael holi'r ditectifs am Dy'n Rhos? Yn ei ddicter, penderfynodd ei fod am fynd i weld yr ail dditectif y prynhawn hwnnw, Llais neu beidio.

Ar ôl cael tamaid o ginio, aeth Alun i'r dref a gwnaeth deirawr o waith yn ei swyddfa. Am bedwar o'r gloch roedd ar fin cychwyn i gwrdd â'r gwyddonydd fforensig pan ganodd y ffôn ar ei ddesg.

'Mr Alun Ifans?'

'Ie.'

'Mr Julian Hawes sydd yma,' meddai'r galwr yn Saesneg, 'aelod o'r tîm sy'n ymchwilio i achos Ty'n Rhos.'

'O, ie, roeddwn i ar fy ffordd i'ch gweld chi.'

'Lwc imi ffonio pan wnes i felly. Rydw i'n gorfod mynd trwy Ben-sarn y prynhawn 'ma a meddwl oeddwn i y gallwn i arbed taith i chi a chithau'n byw yno.'

'Iawn, gwych. Allwch chi ddod â chopi o'ch adroddiad?' gofynnodd Alun yn falch iddo gofio.

'Dwi wedi gwneud copi'n barod. Ydi'ch cartref chi ar y brif ffordd?'

'Ydi, ond tybed a fyddai'n bosib inni gwrdd wrth Ty'n Rhos?' gofynnodd Alun gan ofni bod y galwr anhysbys yn gwylio'i gartref.

'Iawn gen i. Tua chwarter i bump?'

'Perffaith. Dwi'n edrych ymlaen at gwrdd â chi.'

'A finnau. Da boch.'

'Da boch.'

Wrth roi'r ffôn i lawr gofynnodd Alun iddo'i hun sut roedd y Llais yn gwybod ei fod o wedi bod ym mhencadlys yr heddlu ddoe?

Pennod 7

AM CHWARTER I bump roedd Alun yn sefyll yn adfail Ty'n Rhos am yr eildro y dydd Iau hwnnw. Roedd Julian Hawes yno o'i flaen a daeth draw ato ac estyn ei law.

'Neis cwrdd â chi, Mr Hawes,' meddai Alun yn ei Saesneg gorau. Roedd Julian Hawes, fel ei bartner Martin Davies, yn ŵr dymunol yr olwg a theimlai Alun yn gartrefol yn ei gwmni o fewn ychydig funudau. Roedd ganddo ffordd ddigynnwrf, ddi-lol o siarad a enynnodd barch Alun ar unwaith. Gallai synhwyro bod y dyn hwn yn ymfalchïo yn nhrylwyredd ei waith ac roedd yn ateb cwestiynau Alun – a oedd yn fwy manwl a phendant y tro hwn – fel petai'n ymhyfrydu mewn rhoi esboniadau clir, fel athro brwd dros ei bwnc.

'Mi ddywedodd eich partner mai mewn un stafell yn unig y cyneuwyd y tân,' meddai Alun wrtho. 'Dwi'n cymryd mai'r gegin oedd honno, gan fod y waliau mor ddu yn fan'no.'

'Mae'ch casgliad chi'n iawn ond dydi'r ymresymu ddim yn ddiogel, dwi'n ofni,' atebodd yr arbenigwr yn fwyn. 'Yn y gegin y cyneuwyd y tân, ie, ond nid y waliau duon sy'n profi hynny. Dyma beth sy'n profi hynny,' meddai gan blygu a chodi'r beipen blastig lwyd a gariai'r dŵr o sinc y gegin.

'Be!' meddai Alun mewn syndod.

'Edrychwch arni hi.' Edrychodd Alun arni'n ofalus ond ni feiddiodd yngan gair rhag ymddangos yn wirion. 'Be welwch chi?'

'Wel,' cychwynnodd Alun yn betrus, 'mae un pen iddi fel petai wedi toddi yng ngwres y tân.'

'O'r gorau,' meddai Julian Hawes mewn llais anogol. 'Beth arall?'

Ond ni welai Alun ddim.

'Edrychwch y tu mewn.'

Rhoddodd Alun ben isaf y beipen yn erbyn ei lygad ond ni welai ddim. Trodd y beipen a gwelodd fod y pen arall yn ddu y tu mewn.

'Mae 'na ôl llosgi . . .'

'Cywir. Rhowch hi yn erbyn eich trwyn.' Ac yn wir roedd oglau llosgi yn dal yn gryf yn y beipen.

'Ydi hynna'n eich taro chi'n od?'

'Nac'di, am wn i. Wedi'r cyfan mi fuo 'na dân mawr yma.'

'Edrychwch ar y waliau 'nte.'

'Wel'a i ddim byd,' meddai Alun ar ôl petruso.

'Yn hollol. Does 'na ddim ôl llosgi ar y wal 'ma achos nid y tu allan oedd ar dân, ond y tu mewn.'

Doedd Alun yn deall dim ar yr esboniad hwn a theimlai'n ffôl braidd. Gwelai Julian Hawes ei benbleth ac esboniodd. 'Un ai mi neidiodd y tân ohono'i hun i lawr sinc y gegin ac i'r beipen allanol 'ma,' meddai gan awgrymu â'i lygaid a'i wên nad oedd hynny'n bosibl, 'neu mi aeth y tân i'r tŷ ar hyd y beipen fel petai.'

'Dwi'n siŵr eich bod chi yn llygad eich lle ond mae'n rhaid imi gyfaddef na alla i ddim gweld sut y gallai unrhyw un gynnau tân mewn tŷ trwy beipen yn yr ardd!'

'Edrychwch lle mae'r uniad rhwng y beipen yna a'r darn o beipen sy'n dod trwy'r wal. Is na lefel y sinc, fel y buasech chi'n disgwyl, ond dim ond ychydig yn is na lefel y beipen siâp pedol dan y sinc. Wel, be wnaeth y llosgwyr 'ma ond tynnu'r beipen sy yn eich llaw chi o'r darn sy'n dod trwy'r wal, rhoi uniad newydd siâp pedol arni hi a'i hailgysylltu hi.'

Defnyddiodd Julian Hawes ei law i gynrychioli'r uniad newydd ac roedd y beipen allanol, yn lle mynd i lawr i'r gwter, yn sefyll yn yr awyr ac yn cyrraedd tua chanol ffenestr y gegin.

'Twmffat perffaith,' meddai Julian Hawes. 'A chan fod top y beipen yn awr yn uwch na lefel y sinc, mi allen nhw dywallt y petrol nes bod y sinc yn llenwi a gorlifo. Syml a chlyfar.'

'Ond beth am y dŵr yn y beipen dan y sinc?'

'Mae petrol yn ysgafnach na dŵr, cofiwch. P'run bynnag, does 'na ddim llawer o ddŵr yn y beipen. Dim digon i atal llif y petrol o'r uchder yma.'

'Twmffat, petrol a matsen – ac mae cartref rhywun wedi mynd am byth,' meddai Alun yn fyfyrgar.

'Matsen o bosib, ond dwi ddim yn credu. Mi allen nhw roi balŵn – neu rywbeth tebyg i falŵn,' meddai Julian Hawes gan edrych yn awgrymog ar Alun, 'efo mymryn o asid ynddi i mewn efo'r petrol. Mi gymerai hi chwarter awr neu ugain munud i'r asid losgi trwy'r rwber ac yna . . .' a chododd ei ddwylo'n sydyn.

Bu Alun yn ystyried hyn am ennyd ac yna dywedodd, 'Os oedd y bobl 'ma yn gwybod bod 'na beipiau plastig yn fan hyn a bod 'na larwm ar y tŷ, mae'n rhaid eu bod nhw wedi ymweld â'r lle o leiaf unwaith.'

'O leiaf,' pwysleisiodd Julian Hawes.

'Ac mae'n rhaid eu bod nhw wedi bod yma'n ddiweddar achos dim ond yr wythnos ddiwethaf y rhoddwyd y larwm ar y wal. Mi ddywedais i hynny wrth Martin Davies ac er na ddywedodd o ddim byd mi wnaeth nodyn yn ei lyfr,' meddai Alun gan edrych ar Julian Hawes am eglurhad.

'Do, mi wnaeth nodyn er mwyn cofio crybwyll y peth wrtha i a gweddill y tîm. Ond mi fyddai o wedi sylweddoli ar unwaith nad ydi'r ffaith yna'n arbennig o bwysig. Fel rydych chi'n awgrymu, mae'r llosgwyr 'ma yn bownd o fod yn cadw llygad ar y lle – a hynny erstalwm, mi faswn i'n meddwl – er mwyn cael gwybod pryd roedd o'n debygol o fod yn wag a sut i'w gyrraedd o ac yn y blaen.'

'Pam gwneud nodyn 'te?'

'Mae'n siŵr eich bod chi'r newyddiadurwyr yn gwneud nodiadau weithiau hyd yn oed os nad ydych chi'n gweld y wybodaeth yn bwysig ar y pryd.'

Daeth y galwadau ffôn anhysbys i feddwl Alun a châi ei demtio i ymddiried yn y gŵr mwyn hwn o'i flaen. Ond ymataliodd unwaith eto.

'Mae o'n profi,' aeth Julian Hawes yn ei flaen, 'bod y llosgwyr – neu rywun lleol oedd yn eu helpu nhw – wedi bod o gwmpas y lle o fewn wythnos i'r tân. Dydi hynny'n fawr o syndod i ni ond efallai y byddwn ni'n gweld y peth mewn goleuni gwahanol ymhen amser. Pwy a ŵyr?'

'Mi rydych chi'n ystyried y posibilrwydd bod rhywun lleol yn eu helpu nhw, felly?' gofynnodd Alun gan obeithio dysgu rhywbeth am y sawl a fu'n ei ffonio.

'Mae'n ddigon posib bod y llosgwyr eu hunain – neu un ohonyn nhw, o leiaf – yn bobl lleol. Hynny ydi, mi rydyn ni'n credu . . .'

'Mi esboniodd Martin Davies am eich damcaniaeth chi ynglŷn â chyfrinachedd ac yn y blaen.'

'O, o'r gorau. Wel, fyddai o ddim yn syndod i ni petai un o'r llosgwyr yn rhywun lleol. Dydi Ty'n Rhos ddim yn lle hawdd ei gyrraedd, wedi'r cyfan . . .'

'Gyda llaw,' torrodd Alun ar ei draws, 'wyddech chi ddim mae'n debyg fod Mr William Roberts sy biau'r cae y tu ôl i Dy'n Rhos wedi symud un o'i gamfeydd yn ddiweddar?'

'Gwyddwn,' meddai Julian Hawes er syndod a siom i Alun.

'O! A dydi hynny ddim yn profi mai rhywun lleol sy'n gyfrifol?'

'Pam? Mi rydyn ni newydd weld, Mr Ifans, eu bod nhw'n gwybod am y larwm. Mae'n rhaid felly eu bod nhw wedi bod yma o fewn ychydig ddyddiau i'r llosgi. Mae'r bobl hyn yn hynod ofalus, cofiwch. Maen nhw'n gwneud eu gwaith yn drwyadl. Mae gen i barch iddyn nhw mewn ffordd.'

'Be!' meddai Alun gan edrych yn syn ar y ditectif.

'Parch i'w trylwyredd nhw, hynny ydi. Parch i'w proffesiynoldeb nhw. Dydw i ddim yn dweud bod gen i gydymdeimlad â nhw nac â'u hamcanion nhw chwaith. Fy ngwaith i ydi helpu i'w dal nhw ac mi rydw i'n gobeithio fy mod innau'n gwneud fy ngwaith yn drylwyr a phroffesiynol. Ond ydw, mi rydw i'n eu hedmygu nhw ar ryw lefel.'

'Eich meddwl chi yn erbyn eu meddwl nhw, fel petai? Gêm seicolegol?'

'Nid gêm seicolegol yn hollol. Nid gêm o gwbl, mewn gwirionedd. Ond mae 'na elfen o gystadlu yn y ffordd rydw i'n teimlo tuag atyn nhw mae'n debyg, y gelynion cudd 'ma, y dynion dirgel.'

'Neu ferched.'

'Ie, neu ferched!' cytunodd Julian Hawes a gwên ar ei wyneb.

Roedd y ddau'n ymlwybro'n araf at eu ceir bellach a throdd eu sgwrs at bethau eraill. Teimlai Alun awydd cryf unwaith eto i rannu ei gyfrinach â Julian Hawes ond roedd rhywbeth yn ei atal. Penderfynodd yr âi i ddweud wrth y Cwnstabl John Williams y cyfle cyntaf a gâi. Byddai'n haws siarad efo rhywun yr oedd yn ei adnabod yn dda ac yn haws ymddiried ynddo hefyd.

Pan agorodd Julian Hawes ddrws ei gar, estynnodd ffeil i Alun a dweud 'Dyma chi eich copi o'm hadroddiad i. Mi gewch chi fwy o fanylion am sut y lledodd y tân o'r gegin i'r llofft uwchben ac ar hyd y trawstiau i weddill y llofftydd. Rydw i'n credu mai'r stafell fyw a'r ystafell gefn losgodd ola, wedi i'r trawstiau ddechrau syrthio. Mi roedd cyflwr y carped ar y grisiau a'r ffaith bod ambell ddodrefnyn yn dal i fudlosgi pan gyrhaeddodd y frigâd dân yn tueddu i awgrymu hynny hefyd.'

'Diolch,' meddai Alun. 'A diolch am eich amser. Dwi'n cymryd bod yr ymchwiliad fforensig ar ben bellach?'

'Ar wahân i'r gwaith dadansoddi cemegol ar y mân

bethau a gasglwyd – ambell flewyn a ffeindiwyd ar sil y ffenest a mân ddernynnau o ddefnydd dillad y llosgwyr lle rhwbiodd eu gwisg nhw yn erbyn y wal wrth symud y beipen honno. Ond fydd y wybodaeth honno'n dda i ddim i newyddiadurwr – nac i ninnau chwaith, rydw i'n ofni!'

'Gyda llaw. Sôn am dystiolaeth, mi ddywedodd Martin Davies fod ôl traed y llosgwyr i'w weld yn dod ar draws y caeau.'

'Oedden, yma ac acw. Ar ôl y glaw mi roedd y caeau'n fwdlyd a phan ddes i'n ôl y diwrnod ar ôl y tân mi fedrais i ddilyn eu llwybr nhw reit i lawr at y gwrych wrth y ffordd lle roedden nhw wedi cuddio dau feic.'

'Gawsoch chi'r argraff eu bod nhw wedi anelu'n syth am y gamfa newydd?'

'Mi roedden nhw'n gwybod yn iawn lle roedd y camfeydd i gyd. Fuon nhw ddim yn crwydro o gwmpas yn chwilio amdanyn nhw, os mai dyna sy ar eich meddwl chi. Pobl trylwyr iawn, Mr Ifans – wedi gwneud eu gwaith cartref.' A gwenodd Julian Hawes unwaith eto wrth estyn ei law i Alun.

Heb droi i edrych ar yr adfail y tro hwn, neidiodd Alun i'w gar a chychwyn am adref.

Pennod 8

AM WYTH O'R gloch y noson honno roedd Alun ar ei ffordd – braidd yn hwyr – i dŷ Jonathan Myers. Roedd Jonathan yn byw yn un o'r tai teras yng nghanol Pen-sarn, o fewn canllath i'r ysgol lle roedd yn dysgu. Credai Jonathan y dylai athro fyw ymhlith y plant a ddysgai fel y gallent ei adnabod fel unigolyn y tu allan i furiau'r ysgol yn ogystal ag fel athro yn awyrgylch mwy ffurfiol yr ystafell ddosbarth. Gŵr ifanc efo syniadau clir a daliadau cryf felly oedd Jonathan, a byddai'n gweithredu ei argyhoeddiadau yn eofn.

Er bod Alun a Jonathan yn wahanol iawn yn hyn o beth, roeddynt wedi dod yn ffrindiau mawr yn ystod y flwyddyn y bu'r ail yn byw ym Mhen-sarn. Yn hytrach na chreu bwlch rhyngddynt, roedd y gwahaniaeth hwn yn denu'r naill at y llall. Edmygai Alun Jonathan am ei barodrwydd i fynegi ac amddiffyn ei farn bob amser, a rhyfeddai Jonathan at allu ei gyfaill mwy tawedog i wrando'n ddiduedd ac amyneddgar ar ddadleuon pobl eraill. Yr un diddordebau oedd gan y ddau ohonynt ac roedd eu synnwyr digrifwch yn debyg hefyd. Does dim byd tebyg i gydchwerthin i greu agosatrwydd mewn cyfeillgarwch.

Os oedd un gwahaniaeth amlwg arall rhyngddynt roedd a wnelo hwnnw â'u hagwedd at yr iaith Gymraeg a'r diwylliant Cymreig. I Alun, a gawsai ei fagu ar aelwyd Gymraeg mewn ardal a oedd yn Gymreigaidd iawn yr adeg honno, roedd y Gymraeg yn rhan naturiol o'i fagwraeth a'i fywyd beunyddiol. Y Gymraeg oedd iaith y rhan fwyaf o'i ffrindiau ac ynddi hi y gallai fynegi ei feddyliau orau. Roedd hyn yn un o'r rhesymau ei fod mor hoff o ardal ei blentyndod. Oblegid dyn a oedd yn hoff o bethau cynefin oedd Alun ac iddo ef roedd adeiladau, pobl, bryniau ac iaith Pen-sarn yn elfennau o'r un gynhysgaeth gymdeithasol. Ymhlith y pethau cyfarwydd hyn teimlai'n gartrefol. Yn wir, dyma'r unig le y *gallai* deimlo'n gartrefol.

Roedd Jonathan yn wahanol. Tra oedd Alun, ar y naill law, wedi dechrau ymhél â'r papur bro oherwydd ei fod yn hoff o ysgrifennu, roedd Jonathan wedi ymuno â'r bwrdd golygyddol oherwydd ei fod eisiau gwneud cyfraniad ymwybodol i hybu'r iaith Gymraeg. Delfrydwr oedd Jonathan a gellid gweld ei ddelfrydiaeth yn ei lygaid ac ym mhob ystum o'i eiddo. Iddo ef, roedd y Gymraeg yn cynrychioli brwydr yn erbyn grymoedd gweledig ac anweledig Gwareiddiad y Gorllewin – a Lloegr yn enwedig. Roedd y Gymraeg yn rhan o'i gefndir yntau hefyd gan fod ei nain ar ochr ei fam wedi mudo o Flaenau Ffestiniog i Surrey pan briododd Sais ar ddiwedd y Rhyfel Mawr. Nid oedd Jonathan yn ei chofio ond mynnai ei fam ei fod wedi ei gweld pan oedd yn fychan iawn ac wedi eistedd ar ei glin sawl tro pan ddeuai i ymweld â'i merch. Cymraeg a siaradai hi gyda mam Jonathan er mai yn Saesneg yr atebai hithau bob tro. Ni chlywsai Jonathan ei fam yn yngan gair o Gymraeg erioed a honnai hithau ei bod wedi anghofio pob gair o'r iaith, yn enwedig ar ôl cwrdd â Reginald, ei gŵr, a oedd yn swyddog pwysig yn y Gwasanaeth Sifil yn Llundain.

Roedd Jonathan yn falch iawn o'r gwaed Cymreig yn ei wythiennau ac er nad oedd yn cofio clywed gair o Gymraeg ar yr aelwyd – nac yn ystod ei ddeunaw mlynedd cyntaf ar y ddaear – parodd rhywbeth iddo fod eisiau dysgu'r iaith pan aeth yn fyfyriwr i Fangor. Treuliodd oriau lawer yn llyfrgelloedd y coleg yn darllen yn awchus am orffennol gwych y Celtiaid a gwelodd yn y gwareiddiad hwnnw rywbeth cyfrin a deniadol a oedd mor wahanol i'r byd prysur, Prydeinig a gynrychiolid gan deulu ei dad a chan ei febyd ei hun yn Surrey. Roedd rhywbeth yn ei wneuthuriad yn dyheu am fedru credu mewn byd gwell, mewn bywyd gwell, ac roedd darllen am y *Celtic Fringe* wedi dangos iddo fod rhan o hen wareiddiad y tybid ei fod wedi diflannu, yn dal yn fyw ac yn weddol iach – er bod angen ychydig o help arno – yma yn Ynysoedd Prydain. Y cam nesaf i berson a gredai mewn gweithredu oedd dysgu'r iaith a symud i fyw i ganol y Cymry.

Yn y cyfamser, ar ddiwedd ei flwyddyn gyntaf yn y coleg, penderfynodd fynd i fyw i'r Neuadd Gymraeg a magodd ddigon o hyder i fentro i blith y Cymry Cymraeg yn hytrach nag aros efo'i grŵp o gyd-ddysgwyr. Dyna pryd y clywodd am fodolaeth Cymdeithas yr Iaith a Phlaid Cymru ac ymaelodi â'r ddwy. Buan y sylweddolodd Jonathan fod sefyllfa'r Gymraeg braidd yn wahanol i'r hyn a dybiasai cyn dod i Fangor. Oblegid, dros flynyddoedd ei fagu yn Surrey, iaith farw a oedd yn perthyn i orffennol marw ei fam a'r nain na chofiai oedd yr iaith Gymraeg. Ni wyddai ddim am Sianel Pedwar Cymru, ysgolion dwyieithog, yr Eisteddfod Genedlaethol, Plaid Cymru ac yn y blaen. Gwyddai fwy am fywyd yr ochr draw i Fôr Iwerydd nag am fywyd yr ochr draw i Glawdd Offa. Cafodd ei fagu mewn cymdeithas hollol anymwybodol o fodolaeth iaith a chenedl wahanol lai na dau gan milltir i ffwrdd. Roedd ganddo syniad annelwig fod ychydig o hen bobl yn dal yn fyw oedd yn medru siarad Cymraeg ond, fel Indiaid Cochion Gogledd America, roeddynt yn cynrychioli gwareiddiad ar encil neu gyfnod yn hanes Dyn a oedd ar ben i bob pwrpas.

Wrth droi ymhlith y Cymry Cymraeg ym Mangor, daeth i deimlo bod deuoliaeth yng nghenedl y Cymry – neu'r Cymry Cymraeg o leiaf – ac yn sefyllfa'r iaith. Ar y naill law, roedd yr iaith yn symbol pendant o dranc cymdeithas a gwareiddiad neilltuol ond ar y llaw arall roedd yna fwrlwm o ynni a gweithgaredd creadigol, egnïol a phositif ac optimistaidd, fel petai'r iaith a'r genedl yn mynnu cael ymladd am eu heinioes er gwaethaf rhwystrau anorchfygol. Roedd yn ddigon craff a gwrthrychol o hyd i sylweddoli mai bloedd olaf cymuned fechan cyn mynd i safn y Drefn Brydeinig oedd yr holl brotestio yr ymunodd ynddo. Ond nid oedd yn ddigon craff i ganfod y ddeuoliaeth yn ei agwedd ei hun tuag at yr iaith. Iddo ef, ffaith ddiddorol a chyffrous oedd yr ymgyrchu dros y Gymraeg. Roedd rhywbeth modern, cyfoes, perthnasol a hynod oleuedig yn hyn i gyd i rywun a oedd, fel Jonathan, yn perthyn i'r genhedlaeth na chofiai ddim am yr Ail Ryfel Byd ac a fagwyd ym moethusrwydd cymharol y chwedegau a'r saithdegau. Roedd hawliau lleiafrifoedd yn rhwym o apelio at gydwybod gymdeithasol unrhyw ŵr ifanc sensitif a deallus a allai synhwyro bod canoli awdurdod ac unffurfedd y diwylliant rhyngwladol Eingl-Americanaidd yn bygwth gwerth cynhenid yr unigolyn.

Ar yr un pryd, fodd bynnag, nid anghofiodd Jonathan mai rhywbeth hen ac ar encil oedd yr iaith Gymraeg, rhywbeth a berthynai mewn gwirionedd – er gwaethaf ei brofiad uniongyrchol yn y coleg – i'r gorffennol. Astudiodd y Wyddeleg a'r Gernyweg gyda'r un diddordeb brwd dros hen wareiddiad diflanedig a daliodd i gario yn ei ddychymyg lun o gymdeithas wledig, wâr a gynrychiolai i'w feddwl modern, cosmopolitaidd ef werthoedd cymdeithasol coll.

Pan gerddodd Jonathan allan trwy ddrysau'r coleg am y tro olaf, daliai i gredu yn ei ddarlun mewnol o Gymdeithas Geltaidd a oedd yn rhyw fath o glytwaith o argraffiadau a godasai o wahanol lyfrau ac erthyglau, a'r argraffiadau hynny, yn naturiol, wedi eu dethol gan ridyll ei bersonoliaeth ei hun. Ar y pryd, roedd yn canlyn merch o Fôn a oedd yn ymgorfforiad llythrennol iddo ef o bob peth Cymreig. Siaradai Gymraeg naturiol a chyfoethog yr ynys, roedd ganddi ddiddordeb byw mewn barddoniaeth Gymraeg ac roedd yn falch o'i chenedl a'i thras Gymreig. Penderfynodd y ddau fodd bynnag dreulio blwyddyn yn gweithio'n wirfoddol yn un o wledydd tlawd y trydydd byd cyn dychwelyd i fyw a gweithio yng Nghymru. Pan apwyntiwyd Jonathan yn athro yn ysgol gynradd Pen-sarn, roedd cael dod i fyw i'r pentref yn rhoi cyfle iddo wella'i Gymraeg ei hun, gweld y gymdeithas Gymraeg o'r tu mewn a bod yn ymyl Meirwen ar yr un pryd.

Yn ystod ei fisoedd cyntaf ym Mhen-sarn teimlai Jonathan fel ymwelydd o fyd arall ac roedd wrth ei fodd. Mwynhâi'r teimlad o fod yn ddieithryn a oedd yn ymegnïo i ymdoddi i'w awyrgylch newydd. Am y tro cyntaf, yn lle bod yng nghanol criw mawr o bobl ifanc deallus, teimlai ei fod yn byw mewn cymdeithas normal o Gymry o bob oed a phob galwedigaeth. Rhoddai siarad Cymraeg â'r postmon a dyn y garej fwynhad mawr iddo. A'r hyn a roddai'r mwynhad mwyaf iddo oedd cael siarad efo hen drigolion y pentref nad oedd ganddynt fawr o Saesneg. Byddai wrth ei fodd yn gwrando arnynt yn siarad a gwnâi nodiadau o'u geirfa gyfoethog ac ambell gystrawen nad arferid gan y Cymry iau yr oedd eu Cymraeg yn drwm gan ddylanwad priod-ddulliau'r Saesneg. Teimlai ar adegau fel hyn fel petai'n fath o anthropolegydd a oedd yn cofnodi pethau gwerthfawr cyn eu colli am byth.

Wrth i'r misoedd fynd heibio, ymgollodd Jonathan fwyfwy yn ei waith ysgol ac yng ngweithgareddau'r Blaid a'r Gymdeithas ac o dipyn i beth ciliodd ei syniadau mwy ffansïol am y gymdeithas Gymraeg. Yn raddol, wrth iddo ymdoddi i'r gymuned, daeth yn fwyfwy ymwybodol o bresenoldeb ac effaith andwyol y Saeson uniaith nad oeddynt wedi eu hintegreiddio i fywyd y pentref. Sylweddolodd hefyd ei fod wedi dechrau mabwysiadu agweddau a rhagdybiaethau ei gyd-aelodau yn y Blaid a'r Gymdeithas, a'i fod yn uniaethu mwy efo'r Cymry nag efo'r aelodau hynny o'i genedl ei hun a oedd yn byw ym Mhen-sarn. Gallai weld hefyd, fodd bynnag, fod llawer o'r Cymry Cymraeg eu hunain yn esgeulus iawn o'u treftadaeth a chyda threigl amser gofidiai hynny ef fwyfwy. Dechreuodd weld yr ymgyrch i achub yr iaith a'r genedl fel brwydr ac ymroddodd yn egnïol i argyhoeddi Cymry llugoer fel ei gyfaill Alun fod angen ymrwymiad positif ar ran y genedl gyfan os oedd yr iaith i oroesi.

Dan bentwr gormesol o waith gweinyddol diflas a difudd a oedd yn ymwneud â'r Cwricwlwm Cenedlaethol ac Arfarnu Athrawon, roedd Jonathan yn teimlo braidd yn ddigalon y noson honno. Ar adegau fel hyn, deuai amheuon cryf ar ei warthaf. A oedd modd achub yr iaith? A oedd modd dadebru'r Cymry? Ai ei le ef, p'run bynnag, oedd cynnal y frwydr ar eu rhan nhw? Edrychodd yn hiraethus ar y pethau hynny o gwmpas yr ystafell a'i hatgoffai am y flwyddyn a dreuliodd yn Sri Lanka. Roedd ei ludded yn peri iddo orliwio pethau ac edrychai ymlaen at weld wyneb cyfarwydd ei gyfaill gan wybod y byddai hynny'n codi ei galon. Oblegid, mewn gwirionedd, roedd wrth ei fodd yn yr ysgol yn trosglwyddo'r iaith i genhedlaeth newydd o blant newydd-ddyfodiaid.

Curodd Alun ar ddrws Jonathan a cherdded yn syth i mewn. Roedd Jonathan yn awyddus i gadw'r traddodiad o beidio â chloi ei ddrws tra oedd yn byw yn y pentref.

'Sut wyt ti?' gofynnodd Jonathan gyda'i wên groesawgar arferol. Gwisgai Jonathan sbectol gron a bwysleisiai'r olwg ddeallus yn ei lygaid brown, bywiog. Roedd ganddo wyneb hir, gwelw a gwallt brown, cyrliog hyd at hanner ei glustiau. Crychai ei dalcen ac arhosai'n hollol lonydd wrth wrando ar rywun arall yn siarad a pharai hyn i chi feddwl nad oedd dim yn yr holl fyd mor bwysig iddo â'r hyn a glywai. Gwisgai jîns taclus a siwmper liwgar bob amser – hyd yn oed yn yr ysgol – ac roedd gwên gyson ar ei wyneb. Teimlai pobl yn gartrefol yn ei gwmni ar unwaith. Roedd Alun yn ymwybodol o'r cynhesrwydd yng nghymeriad ei gyfaill a'i gwnâi mor boblogaidd, a theimlai rywfaint o genfigen tuag ato. Ni chlywsai erioed neb yn dweud gair cas am Jonathan.

'Reit dda. A tithau?'

'Iawn. Diwrnod prysur arall yn yr ysgol. Mae'r llywodraeth yn newid popeth y dyddiau 'ma – newid er mwyn newid hyd y gwela i – ac yn gwneud bywyd yn anodd i athrawon. Ond ar wahân i hynny mi ges i ddiwrnod reit dda. A beth amdanat ti? Sut oedd pethau tua'r swyddfa?'

'Fues i ddim yno ryw lawer heddiw a dweud y gwir.'

'O?'

'Na, dwi wedi bod yn gwneud ychydig o waith ymchwil,' meddai Alun gan wybod y byddai hyn yn cosi cywreinrwydd ei gyfaill.

'Ymchwilio i beth, felly?'

'Ty'n Rhos.'

'Dyna lle . . .'

'Ie,' torrodd Alun ar ei draws.

'A pha fath ymchwil rwyt ti wedi bod yn ei wneud?'

'Wel, nid gwaith ymchwil fel y cyfryw chwaith. Ond mi fues i yno efo un o'r gwyddonwyr fforensig sy wedi bod yn ymchwilio i'r achos ac mi ges i wybod sut y cychwynnwyd y tân. Mi ddysgais i lawer am ddulliau'r llosgwyr. Ond wedi dweud hynny does ganddyn nhw ddim syniad pwy losgodd y lle.'

'Wyt ti wedi ailfeddwl eto ynglŷn â gwneud stori i'r *Cymydog,* felly?'

'Na. Alla i ddim gwneud cyfiawnder â'r stori. Yn y dechrau roeddwn i'n gweld yr achos yma yn union fel unrhyw dŷ haf arall. Ond mae pethau wedi newid . . .'

'Ym mha ystyr?'

Roedd Alun yn ystyried dweud wrth ei gyfaill am y

galwadau ffôn ond roedd o eisiau amser i feddwl ac atebodd:

'Alla i ddim dweud . . . Dwi ddim yn deall yn hollol fy hun. Mae'n debyg nad oedd gwrthwynebiad ambell aelod o'r bwrdd golygyddol ddim yn help.'

'Wel, mae gan bawb ei farn,' meddai Jonathan er mwyn dangos nad oedd yn mynd i bwyso ar ei gyfaill am esboniad llawnach. 'Wyt ti isio paned, neu fasai'n well gen ti ddiod o hwn?' meddai gan godi potel o win.

'Diod o hwnna i mi, os gweli di'n dda!' meddai Alun dan wenu, a diflannodd Jonathan i'r gegin i nôl corc-sgriw.

Yn y man, dychwelodd Jonathan i'r ystafell fyw gyda'r botel yn un llaw a dau wydr yn y llall. Estynnodd un gwydr i Alun a thywallt gwin iddo. Yna eisteddodd yn y gadair freichiau gyferbyn â'i gyfaill gan edrych ymlaen at y drafodaeth a oedd o'u blaenau. Cynhesai'r tân eu cyrff ar y tu allan a chynhesai'r gwin hwy y tu mewn.

'Paid â 'nghamddeall i,' aeth Alun yn ei flaen. 'Mae 'na ran ohonof i sy am sgwennu'r stori, wrth gwrs. Ac mae'n rhaid bod y lleill yn ei gweld hi'n rhyfedd fy mod i wedi newid fy meddwl . . . Ac mi rydw i'n dal i feddwl mai gwaith papur bro ydi dweud newyddion sy ar wefusau pawb – ac *mae* o, mae'n rhaid i ti gyfaddef.'

'Ydi, wrth gwrs, mae pawb yn sôn am y tân. Ond mae 'na storïau eraill sy ar wefusau pawb ond charwn i ddim i'r rheiny ymddangos yn nhudalennau'r *Cymydog* . . .'

'Ie, ond nid dyna'r math o stori rydw i'n ei feddwl, fel rwyt ti'n gwybod yn iawn. Ond dydw i ddim isio trafod hynna efo ti eto. Na, rydw i'n meddwl 'mod i'n dechrau sylweddoli *pam* bod Rowland Hughes a'i debyg yn ofni'r bobl hyn. A does dim pwynt hollti'r bwrdd golygyddol er mwyn un stori.'

'Dwyt ti erioed yn dweud wrthyf fi mai *ofn* sy'n gwneud iti ailystyried?'

'Wel . . .'

'Ond Alun, mae hynna'n warthus o beth! Allwn ni ddim caniatáu i'r terfysgwyr 'ma ein dychryn ni! Dyna maen nhw isio . . . wel, nage chwaith. Maen nhw isio dychryn perchenogion tai haf ond dydw i ddim yn gweld ei bod hi o unrhyw fantais iddyn nhw godi ofn ar Rowland Hughes a'i debyg. I'r gwrthwyneb, mae'r bobl hyn *isio* ein cydweithrediad ni! Maen nhw'n ffynnu ar gyhoeddusrwydd. Dyna pam rydw i gymaint yn erbyn cyhoeddi stori amdanyn nhw, fel y gwyddost ti. Nid oherwydd bod gen i eu hofn nhw ond oherwydd 'mod i'n digwydd credu bod cyhoeddusrwydd yn hybu eu hachos nhw.'

'Wel, mae'n ddigon hawdd i ni'n dau siarad o flaen y tân braf yma, Jonathan. Mi rydan ni'n ifanc ac . . . wel, beth bynnag, mi alla i weld mai bywyd tawel mae'r rhan fwyaf ei isio . . .'

'Hm,' meddai Jonathan heb lawer o gydymdeimlad yn ei lais, 'dydi o ddim yn debyg i *ti* i ddweud rhywbeth fel'na.'

Nid atebodd Alun y sylw hwn a bu distawrwydd am rai eiliadau cyn i Jonathan ailafael ynddi.

'Yr unig beth arall ddyweda i ar y testun ydi hyn. Fel y gwyddost ti, fel aelod o Blaid Cymru mi rydw i yn ffyrnig yn erbyn y math yma o weithredu anghyfreith-lon. Mae polisi'r Blaid yn glir iawn ar y mater yma. Yr hyn sy'n fy mhoeni i, fel athro, ydi bod plant bach rydw i'n gyfrifol amdanyn nhw'n clywed am bethau fel hyn pan maen nhw'n digwydd mor agos i'w cartrefi nhw. Ac maen nhw'n clywed pethau eraill hefyd. Clywed eu rhieni'n trafod a mynegi barn a'r plant yn ailadrodd yr hyn a glywan nhw gartref yn yr ysgol. Mi ddywedodd un Cymro bach wrth un o'r Saeson bach heddiw 'ma: *"My mum says you English people don't belong here anyway and that you* diawliaid *should go back where you came from. So if you don't leave me alone I'll burn your house down."* Meddylia di am blentyn chwech oed yn dweud peth fel'na!'

'Ond mae plant yn bygwth ei gilydd o hyd! Rwyt ti'n gwybod hynny!' atebodd Alun.

'Ydw, wrth gwrs. Ond be rydw i'n ei ofni, rwyt ti'n gweld, ydi bod casineb fel hyn yn mynd i wreiddio ac yn mynd i fynd yn rhan o ymwybyddiaeth y genhedlaeth nesaf. Yn union fel yng Ngogledd Iwerddon lle mae 'na gasineb rhwng cymdogion a'i gilydd . . .'

'Ond elli di ddim cymharu'r sefyllfa yma yng Nghymru efo'r sefyllfa yng Ngogledd Iwerddon!' meddai Alun yn ddiamynedd gan ei fod wedi clywed y ddadl hon, a ystyriai yn un ddi-sail, droeon. 'Crefydd sy wrth wraidd y drwgdeimlad yn fan'no, nid iaith.'

'Pa wahaniaeth am hynny? Dydi iaith ddim yn medru achosi drwgdeimlad yn ogystal â chrefydd?'

'Wel ydi, mae'n amlwg . . .'

'Dyna ti, 'te.'

'Ond elli di ddim cymharu'r ddwy wlad fel yna,' meddai Alun heb fod yn hollol siŵr sut yr âi yn ei flaen pe bai Jonathan yn pwyso arno.

'Pam lai? Drwgdeimlad ydi drwgdeimlad lle bynnag mae o.'

'Ond mae terfysgwyr Iwerddon yn lladd pobl. Dydyn nhw ddim yn bodloni ar losgi tai a dinistrio eiddo,' dadleuai Alun gan synhwyro am ryw reswm nad oedd y ddadl hon yn un gref.

'Yndyn, maen nhw'n bodloni – os dyna'r gair iawn – ar losgi *ar hyn o bryd,* ond pwy ŵyr na ddechreuan nhw fygwth *pobl* hefyd yn y man. Mae'n rhaid i ti gyfaddef mai dinoethi casineb ydi peth fel llosgi tŷ haf. Does gan y bobl hyn ddim parch at ddemocratiaeth! Yn lle ceisio newid pethau trwy ddulliau cyfansoddiadol maen nhw'n cymryd y gyfraith i'w dwylo eu hunain heb ystyried y canlyniadau i bobl eraill.'

'Sut elli di ddweud nad ydyn nhw'n ystyried y canlyniadau? Eu nod nhw, hyd y gwela i, ydi ei gwneud hi'n anodd i bobl o'r tu allan brynu tai haf a thrwy hynny gadw tai lleol ar gyfer pobl lleol . . . neu, o leiaf, pobl sy'n medru cyfrannu at gynnal y gymdeithas Gymraeg,' ychwanegodd Alun yn ystyriol o'r ffaith mai Sais oedd Jonathan. 'Ac os ydyn nhw'n llwyddo i gadw pobl ddiarth rhag prynu tai lleol, elli di ddim eu cyhuddo nhw o beidio ag ystyried canlyniadau eu gweithredoedd.'

'Ond mae 'na lawer mwy o ganlyniadau i losgi tŷ rhyw-un na'r rhai rwyt ti'n cyfeirio atyn nhw,' atebodd Jonathan a oedd yn amlwg wedi ystyried y mater yn fwy gofalus nag Alun. 'Mae 'na oblygiadau cymdeithasol eang ac erchyll os arhosi di i feddwl am y peth. Hollti cymdeithas yn ddwy; gwenwyno meddyliau plant; annog eraill i dorri'r gyfraith . . .'

'Ond mae Cymdeithas yr Iaith wedi torri'r gyfraith ac mi rwyt ti'n perthyn iddyn nhw! A llosgi wnaeth Saunders Lewis hefyd, cofia.'

'Un peth ar y tro, Alun. O'r gorau, rydw i'n gwybod bod y Gymdeithas yn credu mewn gweithredu union-gyrchol . . .'

'Ac anghyfreithlon,' pwysleisiodd Alun rhag ofn i Jonathan guddio y tu ôl i'r gair 'uniongyrchol'.

'Iawn! Anghyfreithlon 'te. Rydw i'n derbyn hynny ac mi rydw i'n derbyn bod 'na, ar ryw olwg, anghysondeb yn fy safbwynt i. Mewn byd perffaith mi ellid sicrhau newidiadau teg trwy ddulliau cyfansoddiadol yn unig ond, fel y gwyddost ti, mae ein hanes diweddar ni yn dangos bod protestio a gweithredu heddychol – fel yn achos y bleidlais i ferched a hawliau'r Undebau – yn angenrheidiol hefyd.'

'Ond mae'r Gymdeithas wedi mynd yn llawer pellach na hynna – yn distrywio cyfarpar darlledu a thorri i mewn i dai pobl . . .'

'Iawn, ac fel aelod o Blaid Cymru alla i ddim cefnogi pob gweithred mae'r Gymdeithas . . .'

'Rwyt ti'n dweud felly dy fod ti'n perthyn i ddau fudiad

y mae eu polisïau nhw a'u dulliau nhw'n groes i'w gilydd!'

'Wel, mae'n rhaid i mi gyfaddef fod hynna'n ymddangos yn wir i mi. Er, rydw i'n credu bod 'na aelodau sy ddim yn gweld unrhyw anghysondeb.'

'Sut allan nhw fethu gweld yr anghysondeb oni bai eu bod nhw eisio'u twyllo eu hunain yn fwriadol?'

'Rwyt ti'n iawn o bosib, Alun. Ond dwi'n credu mai'r unig ffordd i ddeall yr anghysondeb yma ydi trwy ofyn beth ydi nod y Gymdeithas a'r Blaid. Mae'n rhaid eu bod nhw rywbeth yn debyg gan fod 'na lawer ohonon ni sy'n perthyn i'r ddwy. Dydyn ni ddim yn rhagrithwyr nac yn wirion chwaith! Hynny ydi, mae 'na *rywbeth* yn natur amacanion y ddwy sy'n denu nifer o bobl i ymuno â'r ddwy. Efallai 'mod i'n anghywir – os wyt ti am fod yn fanwl ynghylch technegion – ond rydw i'n credu bod y bwlch rhwng dulliau'r Blaid a dulliau Cymdeithas yr Iaith yn llai na'r bwlch rhwng dulliau'r Gymdeithas a dulliau'r eithafwyr.'

'Dydw i ddim yn gweld sut y gelli di ddweud hynna, Jonathan, yn enwedig gan dy fod di newydd ddweud dy fod ti'n ofni canlyniadau cymdeithasol dinisitrio eiddo. Mi alla i weld dy fod ti, fel athro, yn gweld hyn yn dy waith bob dydd. Ond dwyt ti ddim yn meddwl bod ymgyrchoedd Cymdeithas yr Iaith dros y blynyddoedd wedi cyfrannu at hollti cymdeithas yn ddwy ac at wenwyno meddyliau plant ac at annog eraill i dorri'r gyfraith . . . ?'

'*OK, OK.* Ond wyt ti'n dweud felly nad wyt ti'n medru gweld gwahaniaeth rhwng hynny a llosgi tŷ?'

'Dydw i ddim yn gweld bod cymaint â hynny o wahaniaeth rhwng dinistrio offer darlledu, llosgi ffeiliau coleg a llosgi tŷ haf, nac ydw! Mater o raddoli yn unig ydi o,' meddai Alun. 'Ac mae'n rhaid i ti gyfaddef ei bod hi'n *bosib* bod llwyddiant – neu fethiant – y Gymdeithas wedi sbarduno'r llosgwyr yn y lle cyntaf.'

Gostyngodd Jonathan ei lygaid a bu'n rhaid iddo gyfaddef ei fod wedi ystyried y posibilrwydd bod gweithredoedd Cymdeithas yr Iaith yn gynsail i weithredoedd y llosgwyr.

'Ac rwyt ti'n dal heb ddweud,' aeth Alun yn ei flaen, 'sut rwyt ti'n gweld gweithred Saunders Lewis a'r ddau arall yn wahanol i'r hyn mae'r llosgwyr yn ei wneud heddiw.'

'Rydw i'n meddwl ein bod ni'n sôn am fater gwahanol iawn rŵan, Alun.'

'Ym mha ystyr?'

'Mi roedd amgylchiadau Cymru'n wahanol iawn yr adeg honno – cyn y Rhyfel. Doedd 'na ddim traddodiad o brotestio o unrhyw fath dros genedlaetholdeb a, ph'run bynnag, gweithred heddychwyr oedd llosgi'r Ysgol Fomio.'

'Wel, dydw i ddim yn gweld sut mae hynny'n ateb fy nghwestiwn i. Y ffaith amdani, hyd y gwela i, ydi mai rhywun a aeth i'r carchar am losgi ydi'r ffigwr mwyaf yn hanes sylfaenu Cymdeithas yr Iaith ac un o ffigyrau pwysicaf y Blaid hefyd. Mae hynna ynddo'i hun yn clymu'r Blaid wrth ddulliau anghyfansoddiadol, yn fy ngolwg i.'

'O'r gorau,' meddai Jonathan a deimlai ei fod yn dechrau colli'r ddadl, 'ond mae'n rhaid i ti gydnabod bod pethau wedi newid yn ddirfawr er yr amser hynnw. Yr Ail Ryfel Byd ac yn y blaen. Ers Tryweryn mae'n deg i rywun sôn am draddodiad o brotestio dros hawliau yng Nghymru. Doedd yna ddim traddodiad o'r fath adeg yr Ysgol Fomio. Roedd Saunders yn chwyldroadwr yn yr ystyr yna . . . Mae pethau wedi newid cymaint er yr adeg honno,' meddai Jonathan eto heb fod yn hollol sicr i ble roedd o'n ceisio mynd. 'Ac mae'n rhaid i ti gyfaddef y byddai 'na Ysgol Fomio yn Llŷn heddiw oni bai am Saunders a . . .'

'Pwy ŵyr, ymhen deng mlynedd efallai na fydd 'na ddim tai haf yng Nghymru oherwydd y llosgwyr!'

Roedd Jonathan wedi rhag-weld yr ateb hwn gydag iddo agor ei geg i ddweud ei frawddeg olaf a chawsai amser i baratoi ateb.

'Ond siawns hefyd nad ydyn ni mewn gwell lle heddiw i ddylanwadu ar y Llywodraeth trwy ddulliau cyfansoddiadol. Doedd dim rhaid i Loegr wrando yr adeg honno – adeg yr Ysgol Fomio – ond mae gennyn ni well cyfle heddiw i bwyso ar gynghorau lleol, a llywodraeth ganolog San Steffan hefyd petai'n dod i hynny. Mae bodolaeth Cymdeithas yr Iaith a Phlaid Cymru, a'r ffaith bod 'na genhedlaeth o bobl mwy cefnogol i'r iaith mewn swyddi dylanwadol, yn golygu bod modd i ni ddylanwadu mewn ffordd na allai cenhedlaeth Saunders. Os gallwn ni argyhoeddi'r llywodraeth bod angen Deddf Eiddo newydd a chynnig fframwaith teg ar gyfer deddfwriaeth bwrpasol, mi rydw i'n siŵr y gallwn ni weddnewid y sefyllfa dai heb orfod dibynnu ar ddulliau trais. Mae'n rhaid ei bod hi'n bosib creu deddfau ymarferol i amddiffyn hawliau pobl lleol sy'n cydnabod pwysigrwydd cadwraeth ddiwydiannol . . .'

'Creu amgueddfa fyw?'

'Nage, nid hynny o gwbl. Ond creu amgylchiadau lle y gall y gymdeithas leol ffynnu'n economaidd heb golli ei hunaniaeth ieithyddol a diwylliannol.'

'Dwi'n siŵr y byddai'r llosgwyr yn cyd-weld â'r nod yna. Paid â 'nghamddeall i, Jonathan. Nid ceisio amddiffyn y llosgwyr ydw i, dim ond ceisio deall lle mae'r ffin rhwng eu ffordd nhw o weithredu a ffordd Cymdeithas yr Iaith. Dwi'n cael y teimlad weithiau nad ydi'r ffin honno'n glir iawn ym meddyliau llawer o'm ffrindiau i sy'n aelodau o'r Gymdeithas – a'r un fath efo'r Blaid. Ond mae pobl yn mynnu *bod* 'na wahaniaeth, serch hynny. Ond efallai y byddai'n well inni adael y peth am y tro. Efallai mai mater o amynedd ydi o yn y diwedd! Mae democratiaeth a dulliau cyfansoddiadol yn iawn, ond maen nhw'n cymryd amser! I bobl sy wedi blino aros, mi alla i weld apêl dulliau anghyfreithlon.'

'Gwranda, hoffet ti ddarllen y pamffledyn yma . . .'

'Na! Dim diolch! Rwyt ti'n gwybod nad oes gen i ddim diddordeb mewn gwleidyddiaeth mewn gwirionedd.'

'Wel mi rwyt ti wedi bod yn siarad am wleidyddiaeth ers iti ddod trwy'r drws yna!' meddai Jonathan gan wenu ar ei ffrind.

'Dwi'n gwybod,' meddai Alun gan wenu'n ôl a chwilio am gyfle i droi'r sgwrs. 'Y ffaith bod y peth wedi digwydd ar gyrion ein pentre ni sy'n peri i rywun geisio asesu sut mae o'n teimlo . . . Ond ta waeth, mi fasa gwydraid bach arall yn dderbyniol iawn,' meddai gan estyn am y botel.

Bu'r ddau gyfaill wrthi'n siarad am wahanol faterion tan tua hanner awr wedi deg pan gychwynnodd Alun am adref. Wrth gerdded ar hyd y ffordd tuag at ei dŷ ei hun, teimlai y byddai'n rhaid iddo feddwl yn fwy gofalus am y materion gwleidyddol y bu'n eu trafod efo Jonathan a theimlai hefyd fod cyfnod newydd ar fin ymagor yn eu cyfeillgarwch nhw. Roedd yn rhyfedd meddwl bod y tân yn Nhy'n Rhos wedi esgor ar rywbeth positif yn ei fywyd.

Pennod 9

Y BORE WEDYN roedd Alun wrth ei ddesg yn y swyddfa yn gynnar iawn. Penderfynodd ymroi i'w waith yn egnïol y diwrnod hwnnw er mwyn cael cyfle i anghofio am y stori na allai ei hysgrifennu bellach ac anghofio hefyd am y llais bygythiol. A diolch i'r system oriau hyblyg, byddai gweithio'n hwyr heddiw yn golygu y byddai ganddo oriau mewn llaw am weddill y mis.

Tua un ar ddeg cododd ei ben yn awtomatig i edrych ar y cloc ar y wal a phan welodd yr amser cofiodd ar unwaith mai tua'r adeg honno y cawsai'r ddwy alwad ffôn yn ei swyddfa. Stopiodd ei waith am ychydig gan hanner disgwyl i'r ffôn ganu unwaith eto. Wedi'r cyfan, os cawsai'r Llais wybod rywsut neu'i gilydd ei fod wedi teithio deugain milltir i bencadlys yr heddlu i gwrdd â Martin Davies, siawns nad oedd yn gwybod hefyd ei fod wedi cwrdd â Julian Hawes yn yr awyr agored. Teimlai Alun yn siŵr bellach mai rhywun yn y pentref oedd yn cadw llygad arno a thueddai hyn i atgyfnerthu ei argyhoeddiad anesboniadwy ond cynyddol mai rhywun yn y pentref oedd yn gyfrifol am y tân ei hun. Gwyddai nad oedd gwir sail i'r argyhoeddiad hwn ond daliai i'w goleddu serch hynny.

Er iddo geisio canolbwyntio ar y dasg o'i flaen, ni allai Alun beidio â meddwl am y Llais, am y bygythiad a oedd yn dal i beri cymaint o bryder iddo, ac am Dy'n Rhos ei hun. Gallai weld yr adfail o flaen ei lygaid, cofiai eiriau Martin Davies a Julian Hawes a chofiai ei sgwrs efo Jonathan y noson cynt.

Ond ni ddaeth yr alwad, ac erbyn chwarter wedi un ar

ddeg tynnwyd sylw Alun unwaith eto at y dasg o'i flaen. Yna, am chwarter i ganol dydd, canodd y ffôn. Petrusodd Alun cyn ei godi. Cychwynasai ei law i gyfeiriad y derbynnydd ond rhewodd yn yr awyr. Fe'i llenwyd eto ag ofn a sylweddolodd ei fod o wedi bod yn anymwybodol ddisgwyl am yr alwad hon ers un ar ddeg. Cododd y ffôn yn sydyn ond, er syndod a rhyddhad iddo, galwad fusnes ydoedd.

Gydol y sgwrs, roedd meddwl Alun ar y Llais a'i fygythiad a phan roddodd y ffôn i lawr rhoddodd ei feiro i lawr hefyd a phwyso'n ôl yn ei gadair. Pam na fuasai'r Llais wedi ffonio? Sylweddolai Alun erbyn hyn fod y ffaith nad oedd wedi cael galwad ffôn gan y Llais yn codi mwy o ofn arno na phe bai wedi galw. Efallai bod y Llais wedi colli amynedd, wedi blino bygwth. Efallai ei fod am weithredu. Penderfynodd Alun yr eiliad honno fod yn rhaid iddo fynd i ddweud wrth yr heddlu a chododd y ffôn. Yn anffodus nid oedd y Cwnstabl John Williams gartref nac yn ei swyddfa ychwaith. Felly, penderfynodd Alun alw arno ar ei ffordd adref y noson honno i ofyn am gyngor.

Erbyn hyn, teimlai Alun fod ganddo fwy o reswm byth dros weithio'n hwyr. Credai ei fod yn ddigon diogel yno yn ei swyddfa a theimlai hefyd y byddai'n ddigon diogel yn ei dŷ. Ceisiodd anwybyddu'r ffaith ei fod yn dechrau credu o ddifrif erbyn hyn ei fod mewn perygl go-iawn. Ar adegau yn ystod y dydd Gwener hwnnw, teimlai fel cymeriad mewn ffilm; teimlai fod rhywbeth afreal ynghylch ei amgylchiadau. Ar adegau eraill teimlai'n sicr na allai neb fod eisiau ei frifo *ef*. Doedd ef erioed wedi gwneud dim i frifo neb. Nid oedd yn perthyn i unrhyw fudiad gwleidyddol; nid oedd ganddo ddaliadau cryf – yn wir, nid oedd unrhyw beth yn ei gylch a allai beri i unrhyw un deimlo ei fod yn fygythiad iddynt. Onid oedd wedi gwneud ymdrech ymwybodol i osgoi gwrthdaro â'r awdurdodau? Onid oedd wedi byw ei fywyd yn dawel, gan feindio'i fusnes ei hun, ac osgoi unrhyw syniadaeth a allai beryglu ei hapusrwydd personol?

Roedd hi wedi saith o'r gloch ar Alun yn gadael ei swyddfa y noson honno. Aeth adref ar ei union a'i feddwl yn dal ar fater Ty'n Rhos er gwaethaf pob ymdrech i anghofio amdano. Roedd hi'n dywyll erbyn hyn ac roedd y pentref yn dawel. Parciodd Alun ei gar ar y ffordd y tu allan i'w dŷ, a chan edrych o'i gwmpas yn dra gofalus daeth ohono a cherdded yn gyflym at y drws ffrynt gan ymbalfalu yn ei boced, ar yr un pryd, am ei allwedd. Rhoddodd glep i'r drws a gallai deimlo cyhyrau ei gorff yn ymlacio wrth feddwl ei fod wedi cyrraedd diogelwch ei gartref ei hun.

Heb oedi i roi'r golau nac i dynnu ei gôt, cerddodd Alun ar ei union i'r gegin yng nghefn y tŷ a dechrau llenwi'r tecell yn y tywyllwch. Cododd ei lygaid ac edrych trwy'r ffenest o'i flaen. Dychrynodd a gollwng y tecell o'i law. Dyna lle roedd wyneb yn edrych yn syth arno. Yna curodd y ffigwr tywyll ar y ffenest a dweud:

'Fi sy 'ma, Alun. Trefor Tŷ Pella.'

Rhuthrodd Alun am y drws cefn a'i agor.

'I be ddiawl y dest ti i'r cefn, Trefor?' gwaeddodd Alun yn ei fraw. 'Mi ddychrynaist ti fi, y lembo.'

Sylweddolodd Alun ar unwaith nad oedd hyn yn beth caredig i'w ddweud wrth Trefor. Roedd rhyw nam ar ei feddwl, ac ystyrid ef yn simpil gan ei gyd-bentrefwyr. 'Diniwed' oedd eu gair hwy amdano. Ond roedd yn ddyn digon hoffus a pharod iawn ei gymwynas. Yn wir, pan na fyddai yn un o'i byliau digalon treuliai'i amser yn cerdded i fyny ac i lawr y pentref yn chwilio am gymwynasau i'w cyflawni. Âi i'r siop ar negeseuon i bobl a dywedai pawb amdano ei fod yn gwbl onest a dibynadwy gydag arian ac eiddo pobl eraill. Roedd pawb yn yr ardal yn ei adnabod o ond, oherwydd nad oedd yn medru siarad Saesneg yn dda, roedd yn hapusach yng nghwmni ei gyd-Gymry. Ar y cyfan, roedd yn amharod i wneud cymwynasau i bobl ddŵad.

Gŵr yn ei dridegau oedd Trefor ond gallech feddwl o edrych ar ei wisg a'i wyneb ei fod ymhell dros ei ddeugain. Nid oedd wedi gweithio erioed ac roedd yn byw gyda'i fam ar bensiwn gan y wladwriaeth. Yn anffodus, roedd mam Trefor rywbeth yn debyg iddo ef o ran ei meddwl ond ei bod hi, ers blynyddoedd bellach, wedi mynd i'w chragen ac anaml y deuai o'i bwthyn. Ni wyddai neb i sicrwydd pwy oedd ei dad ond roedd yr ardal i gyd yn amau.

'Wedi dod i weld Alun,' meddai Trefor yn ei ffordd gyflym ef o siarad. 'Wedi dod i weld Alun,' meddai eto ond heb feiddio ceisio dod i mewn i'r tŷ.

'Tyrd i mewn, Trefor,' dywedodd Alun yn fwy caredig gan droi i roi'r golau ymlaen. 'Mae'n ddrwg gen i 'mod i wedi gweiddi arnat ti. Mi ddychrynaist ti fi.'

'Ddrwg gen i Alun. Ddrwg gen i,' meddai Trefor gan dynnu ei gap fflat wrth ddod drwy'r drws.

Roedd Trefor yn ddyn corfforol gryf. Er nad oedd ei feddwl wedi datblygu'n iawn roedd yn berchen ar gorff cyhyrog a gosgeiddig. Safai o flaen drws yr ystafell fyw a'i ffurf yn llenwi'r ffrâm. Cerddodd Alun tuag ato ond roedd meddwl Trefor yn rhy araf i sylweddoli mai eisiau mynd heibio iddo ydoedd. Safodd Trefor yno o'i flaen nes i Alun ddweud:

'Tyrd trwodd i'r ystafell fyw, Trefor, ac mi gawn ni baned mewn munud.'

Trodd Trefor a cherdded yn araf ufudd i'r ystafell fyw ac aros am wahoddiad i eistedd.

'Eistedda, Trefor. Mi wna i baned i ni.' A diflannodd Alun i'r gegin unwaith eto a gadael Trefor i eistedd yn hollol lonydd yn ei gadair a'i gap yn ei ddwylo. Ymhen rhai munudau dychwelodd Alun efo paned i'r ddau ohonynt.

'Gwranda, Trefor. Mi eistedda i yn fan hyn i gael sgwrs fach efo ti. Ond dwi isio mynd i gael sgwrs efo John

Williams mewn munud. *OK*?'

Bu Trefor yn dawel am rai eiliadau ond amneidiodd ei ddealltwriaeth. Doedd Alun ddim eisiau brifo ei deimladau ond nid oedd yn yr hwyl iawn i wrando ar Trefor druan. Roedd angen amynedd mawr i wrando arno pan nad oedd mewn hwyliau da ac, yn ôl Glyn, bu Trefor yn dioddef un o'i byliau o ddigalondid ers rhai wythnosau bellach. Heblaw am hyn, roedd gan Alun ei broblemau ei hun ac roedd yn awyddus i weld y Cwnstabl a gofyn am gyngor os nad cymorth hefyd. Oblegid roedd y braw a roddodd Trefor iddo wedi argyhoeddi Alun na allai anwybyddu bygythiad y Llais ddim hwy.

'Sut wyt ti 'te, Trefor?'

'Ddim yn dda. Doctor yn dweud bod fy ysbryd i'n isel. Isio ei godi o, medda fo.'

'Ydi o wedi rhoi rhywbeth i ti ato fo?'

Distawrwydd eto gan Trefor cyn ateb:

'Tabledi. Lot o dabledi.'

'Wyt ti'n eu cymryd nhw?'

Petrusodd Trefor cyn ateb yn dawel: 'Weithiau.'

'Mi ddylet ti eu cymryd nhw 'sti.'

'Trefor ddim yn hoffi nhw rhyw lawer, Alun.'

'Nag wyt, o bosib, Trefor. Ond mae'n rhaid i ti eu cymryd nhw neu wnei di ddim gwella.'

'Dyna dd'udodd Glyn hefyd.'

'Wel mae Glyn yn iawn. Mi ddylet ti wrando ar Glyn. Mae o'n ffrind i ti yn' tydi?

'Ydi,' meddai Trefor yn dawel gan edrych i lawr ar ei draed i osgoi llygaid ceryddol Alun.

'Lle wyt ti'n eu cadw nhw?'

'Dan y gwely.'

'Be maen nhw'n da yn fan'no gen ti, Trefor?'

'Cuddio nhw rhag Mam.'

'Pam? Ydi Mam isio eu dwyn nhw?'

'Mam yn hoffi tabledi. Ond fi bia nhw medda Doctor Roberts.'

'Wel, fasa hi ddim yn well i ti eu cymryd nhw fel mae'r doctor yn dweud? Fo sy'n gwybod orau, 'sti.'

'Dwi'n mynd adre rŵan i'w cymryd nhw,' meddai Trefor gan godi'n sydyn.

'Faint ohonyn nhw wyt ti fod i gymryd bob dydd?' gofynnodd Alun yn bryderus, rhag ofn i'r cawr diniwed lyncu'r cyfan.

'Un goch yn y bore, un las gyda'r hwyr – ar ôl bwyta,' atebodd Trefor yn beiriannol wedi dysgu'r geiriau ar ei gof.

Gan fod Alun isio mynd i weld y Cwnstabl John Williams, nid oedd am rwystro Trefor rhag mynd. Argyhoeddodd ei hun ei fod wedi gwneud lles i Trefor trwy sôn am y tabledi a gallai ei wahodd draw rywbryd arall pan fyddai ganddo fwy o amser i wrando arno'n siarad am ei ddigalondid.

'Ty'n Rhos wedi llosgi,' meddai Trefor yn sydyn.

'Ydi, Trefor. Mae Ty'n Rhos wedi llosgi. Pwy ddywedodd wrthyt ti?'

'Fi'n gweld, Alun.'

'Gweld? Gweld beth? Gweld yr adfail?'

'Gweld fflamau.'

'Gweld fflamau? Wyt ti'n siŵr, Trefor?'

'Gweld y fflamau, Alun. Yn y nos.'

'Oeddet ti yn ymyl Ty'n Rhos pan oedd o'n llosgi?'

'Na, gartre yn y gwely. Gweld y fflamau yn y gwely.'

'Be wyt ti'n 'feddwl, Trefor? Oeddet ti allan yn cerdded neu gartref yn dy wely roeddet ti?'

'Cerdded. Ie. Cerdded i fyny'r lôn am y mynydd. Gweld y fflamau mawr yn llosgi Ty'n Rhos'

'Welaist ti rywun arall?' gofynnodd Alun a oedd yn lled sicr bellach mai sôn am freuddwyd roedd Trefor.

'Neb o gwmpas. Dim ond Trefor. Dim ond Trefor bach.'

'Felly welaist ti neb arall?'

'Dyn diarth . . .'

'Dyn diarth?! Pwy oedd o, Trefor? Neu sut un oedd o? Tria feddwl! Oedd o'n ddyn tal, byr . . .'

'Trefor ddim yn gweld yn iawn. Rhy dywyll . . .'

'Ond beth am y fflamau? Roedd y rheiny'n taflu golau mawr yn' doeddan?'

'Golau mawr, mawr. Ond roedd y dyn diarth wedi mynd i Gae Un.'

Trawyd Alun gan y geiriau hyn. Roedd Trefor yn gwybod i ba gyfeiriad y dihangodd y llosgwyr! Ond beth oedd busnes y gwely? Ai dychmygu neu freuddwydio'r cyfan roedd Trefor? Ceisiodd Alun feddwl am gwestiynau eraill a fyddai'n gallu taflu goleuni ar feddyliau cymysglyd Trefor.

'Gwranda, Trefor. Eistedda i lawr am funud arall. Gwranda, welaist ti be wnaeth y dyn diarth yma?'

'Llosgi Ty'n Rhos.'

'Welaist ti o â dy lygaid dy hun?'

'Do, yn y gwely.'

'Lle roeddet ti ar y pryd, Trefor?'

'Dwi ddim yn cofio rŵan, Alun,' meddai Trefor a oedd wedi mynd i edrych yn bryderus a blinedig.

'Breuddwydio am y tân wnest ti neu oeddet ti yno?' gofynnodd Alun yn blwmp ac yn blaen, ond ysgydwai Trefor ei ben heb ateb.

'Faint o'r gloch oedd hi?' gofynnodd Alun wedyn gan wneud un ymdrech olaf i weld a ellid datrys y dirgelwch. Ond dal i ysgwyd ei ben a wnâi Trefor.

'Dynion drwg sy'n llosgi tai, meddai John Williams,' meddai Trefor yn sydyn gan godi ei ben ac edrych ar Alun.

'Mae John Williams yn llygad ei le, Trefor,' atebodd Alun.

'Ddylai Saeson ddim bod yn Pen-sarn meddai Glyn,' meddai Trefor wedyn.

'Wyt ti'n siŵr mai Glyn ddywedodd hynna, Trefor, ac nid rhywun arall? Dwi'n credu dy fod ti'n meddwl am rywun arall.'

Gallai Alun weld na châi synnwyr gan Trefor heno ond roedd yn benderfynol o'i holi eto yn y dyfodol rhag ofn ei fod wedi bod yn dyst i rywbeth. Penderfynodd grybwyll hyn wrth John Williams pan âi i'w weld. Cododd Alun o'i gadair ac aeth i nôl ei gôt. Roedd am fynd ar ei union i weld y Cwnstabl yn ei gartref. Aeth â'i fŷg ei hun a mỳg Trefor drwodd i'r gegin gan obeithio y byddai Trefor yn ei ddilyn ond pan ddychwelodd i'r ystafell fyw dyna lle roedd o'n dal i eistedd yn ei gadair yn syllu i'r lle tân.

'Gwranda, Trefor, mae'n rhaid i mi fynd rŵan. Ddoi di i 'ngweld i eto nos Sul?'

'Iawn, Alun. Mi ddo i eto nos Sul. Wyt ti isio i mi wneud cymwynas i ti? Dwi'n mwynhau gwneud cymwynas i ti.'

'Na, dim heno Trefor. Ond mi fydd gen i rywbeth i ti ei wneud nos Sul pan ddoi di yma. Iawn?'

'Iawn, Alun.'

Hebryngodd Alun ef i'r drws ffrynt ac wedi ffarwelio â'i gymydog diniwed caeodd y drws a chan edrych o'i gwmpas yn ofalus anelodd am gartref y Cwnstabl John Williams. Yn anffodus, fodd bynnag, nid oedd John Williams gartref. Melltithiodd Alun ei lwc a gallai deimlo'r ofn yn ei feddiannu unwaith eto. Teimlasai'n berffaith sicr y byddai'r Cwnstabl yn gwybod beth i'w wneud. Yn wir, roedd yn dibynnu ar hynny. Yna, daeth cymdoges y Cwnstabl, a oedd wedi clywed Alun yn curo, i'r golwg ac esbonio ei fod wedi mynd i ffwrdd am y penwythnos. Gyda hynny, trodd Alun am adref i baratoi pryd o fwyd iddo'i hun.

Ymhen rhyw awr, wedi iddo gael ei fwyd, teimlai Alun yn ysgafnach ei ysbryd ac yn fwy hyderus o lawer. Daeth i'r casgliad bod arno angen cwmni ei gyfeillion a chan ei bod hi'n nos Wener gwyddai y byddent yn y Railway. Felly, gwisgodd ei gôt gan edrych ymlaen at sgwrs a chwmnïaeth ei gyfeillion. Byddai pawb mewn hwyliau da gan fod y penwythnos wedi dechrau a gwyddai Alun y gallai anghofio am ei bryderon yn eu cwmni.

Roedd Alun ar fin mynd trwy'r drws pan ganodd y ffôn.

'Helo, Alun Ifans sy'n siarad,' meddai'n fywiog.

Bu distawrwydd am ennyd ac yna clywodd Alun y Llais cyfarwydd.

'Rydw i'n gweld nad ydych chi'n fy nghymryd i o ddifri.'

'Gwrandwch, dwi wedi rhoi'r gorau i'r stori, mi dwi'n addo i chi.'

'Ond mi rydych chi'n dal i wneud ymholiadau!'

'Mi roeddwn i wedi trefnu cyfarfod â'r ddau wyddonydd fforensig cyn i chi ffonio'r tro cyntaf a gan 'mod i wedi penderfynu peidio â sgwennu'r stori allwn i ddim gweld pa ddrwg . . .'

'Dydych chi ddim yn fy nghymryd i o ddifri . . .'

'Ydw! Wir i chi! Fydd 'na ddim stori, er na alla i ddim gweld pam bod hynny'n eich poeni chi a chithau isio . . .'

'Rhowch y gorau i holi!'

Gwaeddwyd y geiriau olaf hyn ac aeth y ffôn i lawr yn sydyn.

Teimlai Alun ei freichiau a'i goesau yn crynu. Roedd yn amlwg bod y Llais yn gwybod am bob ymdrech ar ei ran i gael gwybodaeth gan yr heddlu ac ymhen ychydig felly fe fyddai'n sylweddoli bod Alun wedi rhoi'r gorau i holi. Wedi'r cyfan, nid oedd ganddo reswm dros fynd i weld na Martin Davies na Julian Hawes eto.

'Damia,' meddai Alun wrtho'i hun serch hynny. Roedd yr alwad wedi dod pan oedd wedi ymlacio ac yn edrych ymlaen at fynd allan. Credai bellach y byddai'r sgwrs hon efo'r Llais yn gysgod dros y ddwy awr nesaf yng nghwmni ei gyfeillion.

Awr yn ddiweddarach, fodd bynnag, roedd Alun mewn hwyliau da iawn. Roedd Glyn, Jonathan a gweddill y criw yn gwmni arbennig o ddifyr y noson honno ac am beth amser anghofiodd Alun am y Llais. Ond yn sydyn ac annisgwyl, parodd un gair a glywodd iddo gofio am y Llais ac aeth ias o ofn drwyddo. Dychmygodd am eiliad y gallai'r Llais fod yn disgwyl amdano y tu allan a phenderfynodd y gwahoddai un neu ddau o'i ffrindiau draw am baned. Ond roedd un peth o leiaf yn gysur ynglŷn â'r alwad ffôn ddiweddaraf, sef bod y Llais wedi *gwrando* arno. Nid y Llais yn unig a fu'n siarad; roedd wedi oedi'n fwriadol i roi cyfle i Alun ateb. Bron na theimlai Alun y byddai'n dda ganddo fedru cael sgwrs arall efo'r Llais er mwyn cael cyfle i ddod i wybod mwy amdano.

Tua deg o'r gloch daeth Rhisiart ap Glyn i mewn gyda chriw o aelodau'r Blaid. Roeddynt wedi bod mewn cyfarfod pwyllgor a daethent i gael diod cyn noswylio. Gwelodd Alun rywun dieithr yn eu plith a gwyrodd ei ben i ofyn i Glyn pwy ydoedd. Credai Glyn ei fod wedi gweld wyneb y dieithryn yn y papur ond ni allai gofio'i enw. Trodd Alun at Jonathan a chafodd wybod ar unwaith mai gŵr ifanc o'r enw Rheinallt Fychan ydoedd, gŵr a oedd newydd ei ryddhau ar ôl naw mis yn y carchar.

Roedd aelodau'r Blaid yn tyrru o gwmpas Rheinallt fel petai'n ŵr enwog a phawb eisiau cyffwrdd ynddo. Gwenai hwnnw'n rhadlon, yn falch o'r sylw a gâi, ond gallai Alun weld nad oedd ynddo unrhyw osgo o hunanbwysigrwydd. Gŵr ifanc diymhongar ydoedd mewn gwirionedd. Awgrymai ei wyneb hardd bersonoliaeth gynnes, agosatoch, hawddgar ond roedd rhywbeth ynghylch ei lygaid a barai i rywun synhwyro hefyd fod yma ddyfnder argyhoeddiad. Ac yn sicr, gŵr â daliadau cryf oedd Rheinallt Fychan. O dan dynerwch ei wyneb roedd cadernid y gŵr egwyddorol nad oedd yn amau dilysrwydd ei weledigaeth. Ar y naill law, felly, roedd ynddo'r gostyngeiddrwydd angenrheidiol ar gyfer hunanaberth, ond ar y llaw arall roedd ynddo'r hunanhyder angenrheidiol i fod yn arweinydd ei bobl. Mewn geiriau eraill roedd deunydd merthyr yn Rheinallt Fychan.

Ymhen ychydig, daeth criw y Blaid i eistedd wrth y bwrdd nesaf at Alun a'i gyfeillion, a chan fod Jonathan yn awyddus i gael gwybod am y cyfarfod pwyllgor mi aeth hi'n sgwrs rhwng y ddau fwrdd. Cafodd Alun ei hun yn eistedd yn ymyl y gŵr ifanc a oedd yn ganolbwynt yr holl sylw. Trodd Rheinallt at Alun a'i gyflwyno'i hun yn wylaidd iawn iddo ef a phawb arall wrth ei fwrdd. Yn anochel, fe dybiai Alun, gwleidyddiaeth oedd y pwnc wrth y bwrdd arall ac ymhen tipyn roedd y dadlau brwd yn bygwth tynnu pawb wrth fwrdd Alun i mewn hefyd. Er bod gan Alun ddiddordeb mewn newyddiadura, nid oedd ganddo ddiddordeb o gwbl mewn gwleidyddiaeth ymarferol. Roedd yn ddigon hapus yn trafod polisïau'r gwahanol bleidiau ar bapur, ond peth arall oedd gorfod trafod polisïau gyda'r bobl oedd yn eu harddel. Nid oedd yn mwynhau ymddangos yn llugoer a diargyhoeddiad ynghylch materion gwleidyddol a theimlai'n anghysurus iawn yng nghwmni pobl y tybiai eu bod nhw yn ceisio'i droi at safbwynt neilltuol. Synhwyrai, fodd bynnag, fod sgwrs boliticaidd yn anochel bellach.

'Wyt ti'n byw ym Mhen-sarn, Alun?'

'Ydw.'

'Un o'r ardal 'ma wyt ti, ie?'

'Ie. Fan hyn y ces i 'ngeni . . .'

'Ydi dy deulu di'n dal i fyw yma?'

'Yn y dre mae fy nhad i bellach. Mae o wedi ymddeol . . .'

'Yn y dre dw innau'n byw hefyd. Plas Coch,' meddai Rheinallt.

'Ond nid un o'r ffordd yma wyt ti, nage?'

'Sir Fôn yn wreiddiol. Yn ymyl Llangefni. Ond mae gen i dŷ yn y dre rŵan; er, dydw i ddim wedi gweld llawer arno fo yn ystod y naw mis diwethaf,' meddai gan chwerthin yn ysgafn.

'Na, felly dwi'n deall,' meddai Alun gan deimlo'n annifyr dros ben. Nid oedd yn hollol siŵr sut i gyfarch rhywun a oedd wedi bod yn y carchar. Roedd argraffiadau cynnar bore oes yn ei atgoffa mai 'pobl ddrwg' oedd yn cael eu hanfon yno ond synhwyrai mai parch oedd yn ddyledus i'r cyn-garcharor hwn.

'Do, mi ges i naw mis yng ngharchar y Sais.'

'Yng Nghaerdydd roeddech chi yn ôl Jonathan,' meddai Alun yn ddiniwed. 'A gyda llaw, Sais ydi Jonathan. Wedi dysgu Cymraeg,' ychwanegodd gan obeithio troi'r sgwrs i gyfeiriad Jonathan ei hun.

'Ac mae gen i barch mawr at Saeson sy'n dysgu Cymraeg. Dod yma i fyw a dysgu'r iaith, popeth yn iawn. Ond be oeddwn i'n 'feddwl oedd hyn – cyfraith Lloegr sy'n gyfrifol am fy rhoi i yn y carchar, cyfraith estron, cyfraith a orfodwyd arnon ni.'

Roedd Alun yn dechrau teimlo'n annifyr iawn erbyn hyn ac nid oedd am fentro gwrth-ddweud gŵr efo digon o nerth i wynebu unigrwydd carchar. Ond gan deimlo bod yn rhaid iddo ddweud *rhywbeth,* gofynnodd

'Yn Gymraeg oedd yr achos?'

'Wrth gwrs! Mae gennym ni hawl i hynny, siawns!'

'Ai Cymro oedd ar y fainc?'

'Ie, fel mae'n digwydd, ond mi fynnodd fod y rhan fwyaf o 'nhystiolaeth i yn cael ei chyfieithu.'

Doedd Alun ddim am fynd ar y trywydd hwnnw ychwaith a gofynnodd:

'A Chymry oedd y rheithgor?'

'Ie.'

'Cymry roddodd di yn y carchar, felly.'

'Ie. Fy mhobl i fy hun, fel mae mwya cywilydd iddyn nhw. Petasen nhw'n Saeson mi allwn i ddeall. Ond dyna sut wlad rydyn ni'n byw ynddi, Alun. Cymry'n condemnio Cymry, a llyfu tinau'r Saeson sy'n arglwyddiaethu droson ni. Gwlad o bobl ddiargyhoeddiad sy'n rhy barod i dderbyn caethiwed y canrifoedd . . .'

Tra oedd Rheinallt yn dal i areithio, ceisiai Alun drefnu ei feddyliau. Ond nid oedd ganddo amcan sut i ateb y gŵr tanbaid hwn. Yn ystod yr ychydig ddyddiau diwethaf, er pan losgwyd Ty'n Rhos, roedd Alun wedi meddwl mwy nag erioed o'r blaen am ddyfodol yr iaith Gymraeg. Daethai'n ymwybodol iawn o'r newidiadau bygythiol a ddigwyddasai yn ei bentref ei hun. Ac roedd y bygythiad i'w fro enedigol wedi peri iddo werthfawrogi am y tro cyntaf gymaint oedd y bygythiad i'r genedl gyfan. Roedd dyfodol yr iaith a'r genedl wedi mynd rywsut yn fater personol. Ond er ei fod yn gallu gweld effeithiau niweidiol dieithriaid ar Gymreictod Pen-sarn, ni allai honni ei fod yn casáu Saeson fel y tybiai fod Rheinallt yn eu casáu. Teimlai'n sicr hefyd – er na allai leisio'r peth dan bwysau – fod y rhan fwyaf o gyfreithiau'r Deyrnas Unedig yn llesol ac o fudd i bobl Cymru a Lloegr fel ei gilydd. Petrusodd, serch hynny, rhag mynegi ei farn onest yn agored.

'Dwi wedi treulio naw mis yn eu carchar nhw oherwydd 'mod i wedi torri un o'u cyfreithiau nhw,' aeth Rheinallt yn ei flaen. 'Ond beth maen nhw'n disgwyl imi 'wneud? Chafodd y gyfraith mo'i llunio gyda lles y Cymry mewn golwg. Ond fel pob cenedl orthrymus, meddwl amdanyn nhw eu hunain yn gyntaf mae'r Saeson.'

'Mi rwyt ti'n falch o fod gartre, mae'n siŵr,' meddai Alun yn awyddus iawn bellach i droi'r sgwrs.

'Ydw, mewn ffordd. Dydi'r carchar ddim yn lle delfrydol i fyw, yn enwedig gan mai Saeson sydd o'ch cwmpas chi o hyd a phawb yn siarad Saeseng. Dyna lle mae eu cosb nhw mor annioddefol, rwyt ti'n gweld. Mi dorrais i'r gyfraith am yr union reswm bod 'na ormod o Saeson a Saesneg o 'nghwmpas i yma yn y Gymru Gymraeg, a'r ffordd maen nhw'n eich cosbi chi ydi'ch rhoi chi lle mae 'na *fwy* o Saeson a Saesneg!'

'Doedd 'na ddim Cymry o gwbl yn y carchar?'

'Pethau Caerdydd a'r ardaloedd Seisnig gan fwyaf. Nid Cymry go-iawn. Os oedd 'na Gymry Cymraeg yno, welais i mohonyn nhw.'

'Dydi Cymry di-Gymraeg ddim yn Gymry go iawn yn dy olwg di, felly?'

'Na! Sut y gall unrhyw un sy ddim yn siarad iaith ei genedl a'i gyndadau ei hun honni ei fod o'n Gymro?'

'Eto,' mentrodd Alun yn bryderus, 'mae 'na ddigon o bobl sy ddim yn siarad Cymraeg ond sy'n ystyried eu hunain yn Gymry, am wn i.'

'Dydw i ddim yn amau hynny am eiliad, Alun. Ond maen nhw'n cyfeiliorni, dwi'n ofni. Cymry'r cae rygbi dwi'n eu galw nhw. Cefnogi'r tîm cenedlaethol ym Mharc yr Arfau ond methu canu'r anthem genedlaethol yn iawn. Dim syniad sut i gyfarch *ci* yn Gymraeg heb sôn am un o'u cyd-wladwyr.'

'Roeddwn i'n meddwl dy fod ti newydd ddweud nad ydyn nhw ddim yn gyd-wladwyr i ni?'

'Wel, *nhw* sy'n meddwl eu bod nhw'n gyd-wladwyr i ni. A chyd-wladwyr ydyn nhw yn yr ystyr eu bod nhw'n digwydd rhannu'r un wlad â ni, ond dydyn nhw ddim yn perthyn i'r un *genedl* â ni, nac 'dyn?'

'Dydw i ddim cweit yn dilyn dy ddadl di, mae'n rhaid i mi gyfadde. Mae 'na ddigon o bobl yn y dre 'cw – yn y lle dwi'n gweithio hefyd – sy'n magu eu plant yn Saesneg er eu bod nhw'n medru siarad Cymraeg. Yn ôl dy ddiffiniad di – os ydw i wedi deall yn iawn – Saeson ydi'r plant.'

'Wel mi gân' nhw addysg Gymraeg siawns! Rhywbeth i achub eu Cymreictod nhw gan fod eu rhieni eu huanin yn eu hamddifadu nhw o'u treftadaeth.'

'Ond beth os ân' nhw i ysgol lle nad oes 'na Gymraeg? Neu be os ydi hi'n well ganddyn nhw siarad Saesneg? Ac mae gan lawer ohonyn nhw un rhiant sy'n ddi-Gymraeg ac mae Saesneg felly yn *rhan* o'u treftadaeth nhw.'

'Wel, Saeson fyddan nhw felly, yntê? Does 'na ddim cenedl heb iaith. Dim iaith, dim cenedl!'

'Os ydi hi mor hawdd â hynna mae dros wyth deg y cant o'n cyd-wladwyr ni'n Saeson!' meddai Alun gan deimlo bod hyn yn wallgof.

'Wrth gwrs, dwi'n cytuno. Mi rydyn ni'n lleiafrif bach o fewn ein gwlad ein hunain bellach. Mae'r Saeson 'ma bron â llwyddo i'n goresgyn ni yn gyfan gwbl. Dechrau efo pentrefi'r De a phellafion Clwyd, ond erbyn hyn mae 'na Saeson ym mhen draw Llŷn! Ac os na wnawn ni rywbeth yn o fuan i'w gwrthsefyll nhw a'u dylanwad melltigedig, mi fydd yr wyth deg y cant yn gant y cant cyn bo hir.'

'Fyddai 'na neb i boeni am ddyfodol yr iaith a hunaniaeth y Cymry wedyn,' meddai Glyn a oedd wedi bod yn gwrando ar y ddau ers rhai munudau bellach ac yn aros ei gyfle i ymuno yn y sgwrs. Roedd Glyn yn hoff o ddadl, ac yn hoff o dynnu'n groes ar adegau. Roedd ganddo wên gellweirus ar ei wyneb yn awr ac roedd Alun yn ei adnabod yn ddigon da i wybod ei fod am gael ychydig o hwyl gyda'r cenedlaetholwr pybyr. Roedd ei wamalrwydd yn annioddefol gan Rheinallt, fodd bynnag.

'Ac mae'n debyg y byddech chi'n hoffi gweld cenedl y Cymry'n diflannu oddi ar wyneb y ddaear?' gofynnodd yn heriol gan droi at Glyn.

'Nid dweud hynny gwnes i. Dim ond dweud na fyddai raid i chi wastraffu'ch bywyd yn y carchar – "carchar y Sais" fel rydych chi'n mynnu ei alw o am ryw reswm – petai 'na ddim iaith Gymraeg i'w hachub.'

'Dydw i ddim yn ystyried mynd i'r carchar dros yr iaith yn wastraff mewn unrhyw ffordd. I'r gwrthwyneb, mae'n fraint. Ond mae'n rhaid i mi gyfaddef ei fod o'n gwneud imi amau a oedd yr aberth yn werth y drafferth pan fydda i'n clywed pobl sy'n siarad mor anystyrlon am ddyfodol eu hiaith a'u cenedl eu hunain.'

'Pa genedl rydych chi'n sôn amdani, felly? A phwy sy'n perthyn iddi? Mi fues i'n gwrando ar eich ystrydebau chi ac, os ca i ddweud, dwi'n meddwl eich bod chi'n siarad trwy'ch het.'

Teimlai Alun ei hun yn ymlacio ac yn dechrau ei fwynhau ei hun. Roedd yn dda ganddo fedru trosglwyddo'r cyfrifoldeb am ddadlau'r gwrthwyneb i ofal rhywun a oedd mor hyderus a huawdl. Gallai Glyn ddadlau'n groes i chi am hanner awr cyn cyfaddef yn sydyn ei fod yn cytuno'n llwyr â chi. Roedd tanbeidrwydd Rheinallt yn fagnet iddo.

'Sut hynny?' gofynnodd Rheinallt gan dawelu'n fwyaf sydyn a dangos yr amyneddgarwch hwnnw a nodweddai ddyn oedd wedi gorfod esbonio ac amddiffyn ei safbwynt i rai na ddeallent.

'Mae'n anodd gwybod lle i ddechrau gan fod eich syniadau chi mor gymysglyd,' aeth Glyn yn ei flaen yn ddigynnwrf. 'Dim iaith, dim cenedl meddech chi. Nonsens! Mae'r Gwyddelod wedi colli eu hiaith. Ac os mai iaith sy'n diffinio cenedl, sawl cenedl sydd 'na yn India? Mi roeddech chi'n sôn gynnau am effeithiau andwyol y Saeson ac yn siarad amdanyn nhw fel petaen nhw'n elynion. Ydi hynna'n beth iach? Ydi o'n deg hyd yn oed? Mae Jonathan fan hyn yn Sais,' meddai gan roi ei law ar ysgwydd Jonathan.

'A beth am y Cymry di-Gymraeg, fel y rhai yn y dre roedd Alun yn sôn amdanyn nhw? Ydyn nhw'n colli eu hymdeimlad â'u Cymreictod oherwydd eu bod nhw'n cael eu magu yn yr iaith Saesneg? Does dim posib iddyn nhw deimlo eu bod nhw'n perthyn i dir Cymru ar ryw ystyr er nad ydyn nhw'n deall Cymraeg? Ydych chi'n credu o ddifri fod cael eich magu'n ddi-Gymraeg yng Ngwynedd yr un fath â chael eich magu yn Llundain? Ond wedyn, dydych chi ddim yn glir iawn ynglŷn â'r Cymry di-Gymraeg beth bynnag, nac dach? Un munud rydych chi'n eu huniaethu nhw efo'r Saeson, yn estroniaid sy'n cyfrannu at y broses o ladd yr iaith a'r diwylliant Cymreig, a'r munud nesaf nhw ydi'r wyth deg y cant sy'n llenwi Parc yr Arfau ac yn cyfrannu at y ddelwedd gyhoeddus o genedl fyw a ffyniannus. Os ca i ddweud, does gennych chi ddim syniad clir yn eich pen beth ydi ystyr y gair "cenedl", dim ond diffiniad hollol fympwyol sy'n cyd-fynd yn hwylus efo'ch rhag-farn yn erbyn y Sais, y Cymro di-Gymraeg a phawb a phopeth rydych chi – yn eich ffordd simplistig – yn mynnu eu hystyried yn elynion.'

'Ydych chi'n dadlau felly fod y Saeson yn ceisio hyrwyddo'r Gymraeg ac mai dyna oedd bwriad y *Welsh Not* er enghraifft?'

'Dwi ddim yn cofio imi ddweud hynna o gwbl! Ydych chi'n trio dweud mai Saeson oedd yn gyfrifol am weinyddu'r *Welsh Not*? Roeddwn i dan yr argraff mai Cymry Cymraeg oedd athrawon fy rhieni a'u rhieni hwythau pan oedden nhw yn yr ysgol. A Chymro oedd O.M.Edwards, yntê?'

'Ie, ond cyfraith Lloegr oedd yn gyfrifol am y Ddeddf Addysg a wnaeth ddysgu'r Saesneg yn orfodol.'

'Ond pobl gyffredin – pobl fel chithau a finnau – oedd yn gweinyddu'r Ddeddf, allwch chi ddim gweld hynna? Pobl oedd isio'r hyn oedd orau er lles eu plant a'u disgyblion. Roedden nhw'n credu – ac yn hollol iawn hefyd, allwch chi ddim gwadu – fod y Saesneg yn angenrheidiol iddyn nhw yn y byd modern . . .'

'Dydi o ddim yn angenrheidiol i *mi,* mi alla i'ch sicrhau chi o hynny!'

'O, felly! Ac i ble byddwch chi'n mynd i brynu bwyd, a be wnaech chi petai'ch doctor chi ddim yn siarad Cymraeg . . .'

'Ond mi *ddylai* pawb sy'n byw ac yn gweithio yn y Gymru Gymraeg fedru siarad . . .'

'Dwi'n dechrau colli amynedd efo chi. Mae'n ddigon hawdd dweud sut y *dylai* pethau fod yn y byd delfrydol ond yn y byd go-iawn rydw i'n byw ynddo fo mae angen tipyn o Saesneg yn awr ac yn y man. Ac mae'n siŵr – dim ond i chi feddwl am y peth yn ofalus – y gallech chi feddwl am nifer o achlysuron yn eich bywyd pan oedd y Saesneg yn reit handi i chithau hefyd. A gyda llaw, ble yn hollol mae'r Gymru Gymraeg roeddech chi'n sôn amdani? A beth ydi hi? Ydi hi'n rhyw wlad arbennig o fewn Cymru ynteu dim ond syniad ydi hi?'

Ac aeth Glyn yn ei flaen fel hyn am chwarter awr arall yn herio'r delfrydwr i ddiffinio'i dermau. Yn y cyfamser roedd meddwl Alun wedi dechrau crwydro unwaith eto i gyfeiriad Ty'n Rhos ac roedd yn aflonyddu ac eisiau mynd adref. Yn sydyn, gwelodd y pâr ifanc a oedd yn byw y drws nesaf iddo yn codi a gwisgo'u cotiau. Rhag ofn bod rhywun y tu allan yn disgwyl amdano, dyma gyfle i gael cwmni at ei ddrws ei hun. Felly, dymunodd nos da i bawb a rhuthrodd ar ôl y pâr i'r noson oer.

Pennod 10

PAN GYRHAEDDODD ALUN ddrws ei gartref ffarweliodd â'i gymdogion a rhoddodd y goriad yn y clo. Ond oedodd cyn ei droi. Yn fwyaf sydyn, roedd wedi anghofio'i ofn ac fe'i meddiannwyd gan deimlad arall na allai ei ddisgrifio. Trodd yn reddfol i edrych i gyfeiriad Ty'n Rhos. Roedd rhywbeth yn ei boeni a theimlai awydd cryf i fynd i weld yr hen le eto. Edrychodd ar ei oriawr a rhesymodd ag ef ei hun; roedd yn hwyr, dylai fynd i'w wely ac roedd yn bosibl fod rhywun yn ei wylio. Ond roedd yr awydd anesboniadwy i weld Ty'n Rhos yn drech na'i reswm ac yn lle mynd i'r tŷ aeth i'w gar i nôl fflachlamp. Wedi cloi'r car unwaith eto, cyfeiriodd ei gamre tua'r llwybr a arweiniai rhwng y tai ar draws y ffordd ac am y mynydd.

Gan adael cysur goleuadau oren y pentref, yn lle mynd yn syth yn ei flaen am Dy'n Rhos trodd i'r dde ac anelu am y chwarel. Roedd rhywbeth ynglŷn â thaith y llosgwyr at y tŷ y noson honno yn ei boeni. Penderfynodd ddilyn eu hynt bob cam o'r chwarel lle gadawsent eu ceir yn ôl Martin Davies.

Roedd Alun yn lled ymwybodol y gallai fod hyn yn beth gwirion i'w wneud. Roedd y ffordd i'r chwarel yn unig a thywyll. Wrth i oleuadau'r pentref a'r ychydig dai a thyddynnod o'i gwmpas ymbellhau, dim ond golau gwan y sêr a ddangosai'r ffordd. Ar hyn o bryd, roedd am arbed ei fatris ond cydiodd yn dynn yn y fflachlamp. Gwrandawai'n astud rhag ofn bod rhywun yn ei ddilyn neu'n aros amdano. Yn raddol, ciliodd yr hunanhyder a barodd iddo anwybyddu ei ofn a daeth yn fwyfwy ymwybodol ei fod yn gwneud peth mentrus iawn dan yr amgylchiadau.

Ond rywsut, roedd y lôn gyfarwydd yn gysur iddo. Roedd Alun yn adnabod pob tro a phob giât a gwyddai enwau'r pentrefi oll y gallai weld eu goleuadau yn y pellter. A phob rhyw hanner munud gwelai wincian cyfarwydd goleudy Pentir. Yna, yn gwbl ddirybudd, rhuthrodd rhywbeth allan o'r goeden wrth ochr y ffordd a gallai Alun deimlo'i galon yn llamu yn ei frest. Dychwelodd holl ddychryn yr alwad ffôn gyntaf ar unwaith a sylweddolodd ei fod wedi dewis anwybyddu ei gyngor call ei hun wrth ddod i'r fan hon heno. Bron ar unwaith, fodd bynnag, sylweddolodd mai aderyn o ryw fath a wnaethai'r sŵn ac mai ef ei hun a'i dychrynasai.

Er gwaethaf ei ddychryn, aeth Alun yn ei flaen. Roedd ei chwilfrydedd yn gryfach na'i ofn unwaith eto. Wedi cyrraedd y chwarel, edrychodd ar y lle y tybiai ei bod yn hwylus i barcio dau gar. Trodd a dechrau cerdded yn ei ôl ar hyd y ffordd. Ceisiai ddychmygu'r daith ar gefn beic. Ar hyn o bryd, doedd dim angen fflachlamp. Roedd ei lygaid wedi hen gynefino â'r tywyllwch erbyn hyn a gallai weld y ffordd yn glir o'i flaen. Na, châi'r llosgwyr ddim anhawster i ddilyn y ffordd nac i ddod o hyd i'r gamfa i Cae Isaf ychwaith.

Wedi gadael ei feic dychmygol y tu ôl i'r gwrych, aeth Alun dros y gamfa ac i'r cae. Roedd y tywyllwch o'i flaen yn fwy unffurf yn awr ond teimlai fod ganddo eithaf syniad sut i gyrraedd lle roedd yr hen gamfa. Codai'r tir yn raddol o'i flaen a gwyddai fod yn rhaid anelu ychydig i'r chwith. Cofiai fod y gamfa newydd yn is i lawr y wal rhwng Cae Isaf a Chae Canol a chofiai hefyd fod y daith o'r naill i'r llall yn weddol fflat. Felly, trodd yn siarp i'r chwith ac anelu'n syth am y wal na allai ei gweld o gwbl hyd yma. Ond ni ddaeth o hyd i'r gamfa newydd ar unwaith. Bu'n rhaid iddo ddilyn y wal i'r naill gyfeiriad ac wedyn i'r llall am rai munudau cyn dod o hyd iddi.

Wedi cyrraedd y gamfa, fodd bynnag, sylwodd fod dwy goeden fach yn tyfu gerllaw y gellid anelu amdanynt, a dichon mai dyna a wnaeth y llosgwyr, meddyliodd Alun. Tybiai y byddai iddynt fod wedi defnyddio fflachlamp yn rhy beryglus a'i amcan yn awr oedd gweld pa fodd y gallasent – yn ôl Julian Hawes – gerdded o'r naill gamfa i'r llall yn y tywyllwch. Roedd Alun yn adnabod yr ardal yn dda, ac eto roedd wedi cael trafferth i ddod o hyd i'r gamfa newydd. Ond wedyn, ymresymodd, roedd yn bosibl bod y llosgwyr wedi bod yno droeon o fewn ychydig ddyddiau a'u bod, felly, yn fwy cyfarwydd â safle'r gamfa na rhywun lleol fel ef nad âi yno ond yn achlysurol a hynny liw dydd.

Pan groesodd Alun i'r ail gae, ni allai weld fawr ddim o'i flaen. Roedd mewn math o bant a gaeai allan y rhan fwyaf o'r golau prin. Codai'r tir yn sydyn o'i flaen ac roedd fel wal o ddüwch. O droi i'r chwith, gallai weld goleuadau pentref yn y pellter ond erbyn hyn ni allai ddweud pa un ydoedd. O droi i wynebu ymlaen unwaith eto, ymddangosai'r tywyllwch yn fygythiol iawn. Ni allai Alun gredu y byddai'n bosib i unrhyw un gerdded yn syth o'r fan hon at gamfa a oedd allan o'r golwg ryw bum can llath i ffwrdd.

Sylweddolodd yn awr mai'r hyn a'i denodd yno heno oedd y dymuniad i brofi mai rhywun lleol oedd yn gyfrifol am losgi Ty'n Rhos. Roedd yn argyhoeddedig bellach mai dim ond person a oedd wedi cael digon o gyfle i gerdded y caeau hyn – a hynny yng ngolau dydd – a allai fynd yn syth o'r naill gamfa at y llall ac at y tŷ. Teimlai Alun yn sicr fod ganddo brawf yn awr fod rhywun lleol yn rhannol gyfrifol am y tân ac roedd yn ysu am gael dweud wrth Cwnstabl Williams – neu un o'r gwyddonwyr – y cyfle cyntaf a gâi.

Dringodd Alun y codiad serth o'i flaen ac amcanu at y gamfa nesaf. Er syndod iddo'i hun ni fu'n hir iawn yn dod o hyd i'r gamfa wedi iddo gyrraedd y wal rhwng Cae

Canol a Chae Un. Doedd y tir ddim mor serth o hyn ymlaen ac roedd yn rhaid cydnabod bod mwy o oleuni i'w helpu erbyn hyn hefyd. Yn gynt o lawer nag y disgwyliasai, cyrhaeddodd y wal rhwng Cae Un a gardd Ty'n Rhos. Gan na fedrai weld Ty'n Rhos wrth groesi Cae Un, fe'i hatgoffwyd o'r ffaith bod llygaid yn mesur pellter yn well na thraed.

Aeth Alun drwy'r giât a cherdded ar hyd y llwybr at gefn Ty'n Rhos. Roedd popeth yn dawel a phan arhosodd Alun o flaen yr adfail yr oedd ei lwydni'n torri ar y gwyll, ni chlywai ddim ond sŵn ei galon yn dal i guro ar ôl croesi'r caeau. Pan lonyddodd ei galon, hoeliwyd ei sylw'n llwyr ar yr olygfa o'i flaen. Gallai weld drosto'i hun yn awr pa mor hawdd fyddai cynnau tân mewn lle mor ddiarffordd â hwn heb dynnu sylw. Ond yr hyn a lenwai ei feddwl oedd tristwch. Fe'i trawyd o'r newydd gan wiriondeb gwastraffus y weithred o gasineb a ddistrywiodd le mor gyfarwydd a'i droi'n fath o gromlech.

Wedi sefyll am rai munudau felly, cerddodd at y beipen blastig dyngedfennol ar y llawr yn ymyl lle buasai'r gegin. Cododd hi ac edrych arni fel petai'n disgwyl iddi ildio cliw newydd yn y tywyllwch dall. Ond teimlai fel y cofiai iddo deimlo mewn ambell wers fathemateg yn yr ysgol – roedd y dystiolaeth i gyd yno o'i flaen ac yntau'n methu gwneud na phen na chynffon ohoni. Roedd Julian Hawes, ar y llaw arall, wedi llwyddo i ddatrys y broblem yn ddidrafferth.

Roedd cyffro ei ddarganfyddiad tybiedig ynglŷn â'r camfeydd wedi cilio eto'n awr ac wrth i oerni a blinder ei feddiannu dychwelodd teimlad o besimistiaeth. Sut y gallai dyn cyffredin a dibrofiad yn y pethau hyn obeithio dargafnod pwy oedd yn gyfrifol am y tân? Roedd yr heddlu, gyda'r holl adnoddau oedd ar gael iddynt, wedi methu'n lân â datrys dros gant o danau tebyg. Beth oedd pwynt sefyll yn y fan hon ar noson oer pan oedd pawb arall, call, yn eu gwelyau neu'n gyfforddus ddiddos o flaen y tân? Pa ddiben oedd iddo ddyfalbarhau â'r ymchwiliad yma dim ond oherwydd . . . A chofiodd na allai lunio'r stori p'run bynnag.

Gwelodd Alun hefyd ar yr un pryd ei fod o wedi caniatáu i'w frwdfrydedd – onid ei ystyfnigrwydd – ei feddiannu'n llwyr. Pan glywsai am Dy'n Rhos yn cael ei losgi, credodd am ychydig y byddai ef yn medru llunio stori dreiddgar a oedd yn cyrraedd calon y sefyllfa a mynd at wraidd yr holl broblem ieithyddol-ddiwylliannol-economaidd a lethai Gymru. Ond y gwir amdani, fel y gwelsai drosto'i hun yn y dafarn heno pan deimlai mor ddiymadferth – a difater – wrth wrando ar ddadleuon Rheinallt Fychan, oedd nad oedd wedi *deall* problem yr iaith o gwbl, ac na fuasai ganddo lawer o ddiddordeb ynddi mewn gwirionedd. Ni allai lunio stori dreiddgar oherwydd nad oedd wedi treiddio i *deimladau* pobl. Gallai weld yn awr mai mater o *deimlad* ydoedd mewn gwirionedd, ac nid mater o gyfuno ffeithiau economaidd, gwleidyddol, cymdeithasol a hanesyddol a chyrraedd casgliad anffaeledig. Yr unig gysur oedd nad oedd gan neb arall ychwaith y gallu i ddirnad y sefyllfa'n llawn. Mater o argyhoeddiad, mater o safbwynt ydoedd. Ac roedd cymaint o safbwyntiau ag a oedd o bobl. Penderfynodd Alun fod rhywbeth dwfn, anniffiniadwy ac anghyffwrdd yng nghymeriad pawb – neu yng ngwneuthuriad seicolegol pawb – a oedd, trwy gyfrwng yr emosiynau'n gyntaf ac wedyn y rheswm, yn cyflyru safbwynt ac yn rhoi sail i egwyddorion. Sut y gellid fyth greu darlun o Gymru heb ystyried barn pawb a oedd yn byw yn y wlad? Roedd consensws yn amhosibl a'r cwbl oedd ar ôl oedd dehongliad personol.

Aeth Alun yn ei ôl at y giât yn y cefn a phwyso arni. Edrychodd i gyfeiriad y môr a gallai weld chwinciad achlysurol y goleudy yn y pellter. Tybed a fyddai hwnnw'n help i'r llosgwyr fynd at y tŷ neu fynd yn ôl at y ffordd wedi cynnau'r tân? Yna edrychodd ar y sêr. Cofiai glywed bod morwyr yn defnyddio'r sêr wrth lywio'u llongau yn y nos. Tra oedd Alun yn ystyried y pethau hyn, clywodd wichian cyfarwydd y giât ffrynt. Neidiodd ar ei union dros y giât o'i flaen a chyrcydu y tu ôl i'r wal. Bu yno am rai munudau ond gan na allai weld na chlywed dim, edrychodd dros y wal i gyfeiriad yr adfail.

Er ei bod hi'n noson dywyll, roedd llygaid Alun wedi cynefino erbyn hyn. Craffodd trwy'r tywyllwch ond nid oedd dim byd i'w weld yn symud. Penderfynodd fynd yn ei ôl i'r ardd a dringodd yn dawel dros y wal. Yn lle cerdded ar raean y llwybr, croesodd y glaswellt gan anelu'n syth am fur cefn Ty'n Rhos. Wedi cyrraedd yr adfail, cerddodd yn araf at ochr y tŷ gan weddïo na ddeuai rhywun rownd y gornel. Yna, clywodd sŵn rhywun yn mwmian siarad o flaen y tŷ. Ofnai Alun fod mwy nag un person yno, ond ar yr un pryd fe'i gyrrid gan y posibilrwydd mai'r llosgwyr oedd wedi dychwelyd i Dy'n Rhos am ryw reswm.

Ymhen ychydig, gallai Alun glywed sŵn traed yn cerdded ar hyd y llwybr i gyfeiriad y giât ffrynt. Gan deimlo'n fwy mentrus bellach aeth rownd ochr y tŷ a chraffu'n galed ar y ffigwr du a welai yn cerdded oddi wrtho. Nid oedd neb arall i'w weld ond ef. Penderfynodd Alun ei ddilyn o bell er mwyn gweld i ble'r âi.

Aeth y dieithryn trwy'r giât a throi i'r chwith i lawr y lôn i gyfeiriad y pentref. Dilynodd Alun ef. Cadwai ei lygaid ar y ffigwr bob cam o'r ffordd rhag ofn iddo droi a'i weld. Ymhen rhai munudau gallai Alun weld goleuadau Pen-sarn yn ymddangos yn y pellter a chyn bo hir roedd y ffigwr tywyll yn cyrraedd y lamp gyntaf. Roedd Alun yn rhy bell i ffwrdd i fedru gweld pwy ydoedd a chyflymodd ei gamre er mwyn medru ei weld cyn iddo ef ei hun gyrraedd y lamp.

Wrth i Alun gyrraedd o fewn ugain llath iddo, roedd y dieithryn yn dal i fwmial siarad ag ef ei hun yn union fel petai wedi meddwi. Serch hynny, fe gerddai mewn llinell berffaith syth ac roedd yn gwbl sad ar ei draed. Daliai Alun i'w ddilyn yn gyflym. Yn sydyn fe stopiodd y ffigwr a throi tuag ato. Safodd Alun yn berffaith lonydd gan obeithio na allai'r ffigwr ei weld yn y gwyll. Ymhen ychydig eiliadau trodd y ffigwr yn ôl ac aeth yn ei flaen dan ddal i siarad ag ef ei hun. Ond roedd o wedi bod yn sefyll yn ddigon hir i Alun sylweddoli mai Trefor ydoedd.

Pennod 11

Y DIWRNOD WEDYN, dydd Sadwrn, roedd Alun wedi trefnu i fynd efo Glyn a Jonathan i weld gêm bêl-droed ym Mangor. Tueddai Jonathan i ystyried pêl-droed yn rhan o'r diwylliant Seisnig, rhyngwladol roedd wedi dewis cefnu arno. Cofiai Alun sut y bu i Glyn, gyda'i dafod yn ei foch megis, ddarbwyllo Jonathan fod y Cymry wedi llwyddo i gymathu'r gêm i'r diwylliant Celtaidd brodorol ac y dylai geisio gweld y gêm yn y goleuni hwnnw bellach. Gwrandawsai Jonathan, a oedd newydd ddod i fyw i Ben-sarn ar y pryd, ar esboniad Glyn am y nodweddion cwbl Gymreig a berthynai i bêl-droed yng Nghymru. Eglurodd Glyn ei fod yn adlewyrchu parch traddodiadol y Celt at chwarae teg. Fel prawf digamsyniol o hyn, cyfeiriodd Glyn at y ffaith mai cefnogwyr a thimau Lloegr yn unig – ac nid rhai Cymru a'r Alban – a waharddwyd o'r cystadlaethau Ewropeaidd am flynyddoedd yn dilyn helynt Heisel. Yn ei orawydd i ddysgu am y Celtiaid cyfoes, bodlonodd Jonathan ar yr esboniad hwn. Teimlai y gallai dderbyn hyn heb gyfaddawdu ei egwyddorion. Ac wedi'r cyfan, os oedd Cymro pybyr fel Glyn yn dadlau o blaid pêl-droed, ymresymai Jonathan na allai ef, fel dieithryn, ei wrthwynebu. P'run bynnag, câi gyfle i dreulio prynhawn yng nghwmni ei ffrindiau newydd ac efallai bod hynny'n bwysicach nag egwyddorion ar adegau.

Gwenai Alun wrth gofio'r olygfa honno. Yn y bôn, gwyddai nad gwrthwynebiad egwyddorol oedd gan Jonathan i bêl-droed. Y ffaith amdani oedd nad oedd yn hoffi'r gêm ar y pryd. Ond gyda'r misoedd, roedd

Jonathan wedi dod i edrych ymlaen at fynd i Fangor yn fwy na neb.

Yna, cofiodd Alun olygfa a wyneb arall. Ac unwaith eto, gallai deimlo oerni'r noson cynt y tu allan i Dy'n Rhos. Pan welodd wyneb Trefor dan olau lampau'r pentref, llenwyd meddwl blinedig Alun â chant a mil o ddyfaliadau. Beth oedd o'n ei wneud yn cerdded o gwmpas yr adeg yna o'r nos? Pam mynd i Dy'n Rhos? A chofiodd eiriau rhyfedd Trefor pan ddaethai i'w weld yn ei gartref.

Cododd Alun y papur Saesneg wythnosol yr oedd newydd ei brynu yn siop y pentref. Roedd pwt bach o stori am Dy'n Rhos ynddo yn cadarnhau nad oedd gan yr heddlu, hyd yma, unrhyw amcan pwy oedd yn gyfrifol am y tân ond eu bod yn dal i ymchwilio i'r mater. Gwnaeth Alun ambell nodyn yn ei lyfr wrth frasddarllen erthyglau a allai fod yn ddefnyddiol iddo ar gyfer *Y Cymydog*.

Rhoddodd Alun y papur o'r neilltu, gorffennodd ei frecwast ac wedi clirio'r llestri treuliodd weddill y bore'n gwylio fideo a gawsai ei fenthyg o'r garej leol. Stori ddigon siomedig oedd hi, fodd bynnag, am ryw weinidog byrbwyll a oedd yn rhy brysur efo'i braidd i sylweddoli bod ei wraig anhapus wedi troi at y ddiod gadarn am gysur a chynhaliaeth. Hyd y gallai Alun weld, nid oedd na chynllun na stori o unrhyw fath yn y byd i'r ffilm ac, yn y diwedd, yn hollol annisgwyl i'r gwyliwr, cerddodd y wraig i mewn i eglwys a chael tröedigaeth hynod gyfleus ac anargyhoeddiadol yn y fan a'r lle. Tynnwyd y stori i ben fel petai'r awdur wedi blino arni a theimlai Alun yn hollol siomedig.

Wrth wylio enwau'r actorion a'r swyddogion yn codi dros lun y ddinas yn America, meddyliodd Alun unwaith eto am Glyn yn darbwyllo Jonathan ynglŷn â phêl-droed. Rhyw dynnu coes ysgafn – testun difyrrwch – oedd y peth iddo ef ar y pryd. Erbyn hyn, fodd bynnag, doedd

Alun ddim yn hollol sicr ei feddwl nad oedd Jonathan yn llygad ei le. Onid agwedd ar ddylanwad dinistriol y byd y tu allan oedd pêl-droed hefyd mewn ffordd? Wedi'r cyfan, ymresymai Alun, pan ddaeth pêl-droed i fywyd y Cymro, mae'n rhaid bod rhywbeth arall wedi ei golli. A dyna'r ffilm Americanaidd roedd yn ei dirwyn yn ôl. Pe na bai wedi dewis treulio'i amser yng nghwmni'r diwylliant Seisnig-Americanaidd, fel petai, gallasai ddarllen llyfr Cymraeg neu wneud rhyw weithgaredd cysylltiedig â'i iaith ac â'i ddiwylliant ei hun.

Cododd y papur Saesneg o'r newydd a sylweddoli ei fod, unwaith eto, yn caniatáu i symbol o ddiwylliant estron ddylanwadu arno. Ond wedyn, ble roedd tynnu'r llinell derfyn? A ddylai pob Cymro sydd am amddiffyn ei genedl ei hun ymwrthod â phob dylanwad estron – pa mor ddeniadol bynnag? Efallai y dylai ganiatáu iddo'i hun hyn a hyn o oriau o deledu a diwylliant estron bob wythnos ac ymroi weddill yr amser i wylio S4C a darllen llyfrau Cymraeg. Ond roedd rhywbeth yn ei gymeriad a oedd yn gwrthryfela yn erbyn y syniad hwn ar unwaith. Onid gwneud pethau oherwydd eich bod yn eu mwynhau oedd yn bwysig? Roedd yn gas ganddo erioed y teip o berson a ddywedai wrtho y dylai wneud pethau 'er mwyn yr iaith' neu 'er mwyn Cymru'.

Wrth fynd trwy dudalennau'r papur yn hamddenol, gwnâi Alun ragor o nodiadau. Yna, gwelodd wyneb cyfarwydd ar y dudalen briodasau. Merch o'r pentref nesaf roedd wedi ei chanlyn pan oeddynt yn yr ysgol uwchradd. Darllenodd ei henw llawn – Rhian Mair Edwards – ac am rai eiliadau, wrth edrych ar ei hwyneb siriol, llifai atgofion am eu tynerwch llancyddol drwy ei feddwl a chynhesrwydd drwy ei gorff. Yna, edrychodd ar wyneb ac enw'r Sais roedd ei Rhian Mair ef gynt yn mynd i'w briodi. Charles Richard Armstrong o Leighton Buzzard. Ac yn ôl y pwt o erthygl dan y llun, roedd y cwpl dedwydd yn bwriadu ymgartrefu yn ymyl Wolverhampton.

Parodd rhywbeth i Alun ddarllen am weddill y parau oedd newydd briodi ac roedd rhyw arwyddocâd newydd yn ei feddwl heddiw i'r ffaith bod cymaint o'r parau'n gymysg o ran cefndir iaith. Bob wythnos, ym mhob papur tebyg i hwn ym mhob tref trwy Gymru, roedd hyn a hyn o siaradwyr y Gymraeg yn priodi Saeson neu ddieithriaid eraill ac, yn achos llawer ohonynt, fe gollid y Gymraeg o'u teuluoedd o fewn cenhedlaeth. Teimlai Alun yn ddigalon iawn wrth ystyried goblygiadau hyn.

Ar dudalen arall gwelodd Alun hysbyseb reolaidd ar gyfer y cyfarfod bingo wythnosol a gynhelid ym Mhensarn ers rhyw flwyddyn bellach. Prin y gallai Alun gredu bod hynny'n beth llesol i fywyd y pentref. Cofiai deimlo, pan gychwynnwyd y cyfarfodydd, mai rhywbeth undonog a moronig braidd oedd bingo ac na wnâi ddim byd i ddyrchafu meddyliau'r cyfranogwyr. Ond wedyn, gofynnodd iddo'i hun, ai dyna bwrpas diwylliant – dyrchafu'r meddwl? Oedd pêl-droed yn gwneud hynny? Neu'r snwcer y treuliai ef oriau bwy'i gilydd yn ei wylio gyda Glyn a'r caniau *lager* wrth law? Yn sicr, roedd i fingo hyd yn oed ei werth cymdeithasol. Gofynnwyd i Alun fynd i'r cyfarfod cyntaf un i lunio adroddiad ar gyfer *Y Cymydog* ac, er na chafodd ef fwynhad o gwbl o'r achlysur, trwy holi hwn a'r llall sylweddolodd werth y bingo fel achlysur cymdeithasol i'r bobl – pensiynwyr a rhai canol oed gan mwyaf – a ddihangai yno. Teimlai Alun yn siŵr eu bod yn dychwelyd i'w cartrefi'n fwy dedwydd eu byd ar ôl awr neu ddwy yn y bingo, ac roedd hynny'n sicr o fod yn beth da er eu lles eu hunain ac er lles eu bywydau teuluol. A daeth adref yn benderfynol o lunio stori gadarnhaol am y cyfarfod cyntaf hwnnw.

Wrth feddwl am y bingo yn awr, fodd bynnag, gwelai Alun ef fel un agwedd arall ar y broses o Seisnigo'r pentref. Un o'r newydd-ddyfodiaid – fel y gellid disgwyl – oedd wedi sefydlu'r bingo wythnosol. Saesnes oedd hi ac yn Saesneg y gelwid y bingo. Ei dymuniad dyngarol hi oedd cyfrannu rhywbeth positif i fywyd cymdeithasol y pentref, rhywbeth a fyddai'n creu tipyn o gyffro ac a ddeuai â phobl at ei gilydd. Teimlai y byddai'n 'neis' petai'r Cymry a'r Saeson yn medru dod at ei gilydd i gael ychydig o hwyl ddiniwed. Ac yn anfwriadol felly gwnaeth rywbeth a welid gan eraill fel hoelen arall yn arch yr iaith Gymraeg.

Cododd Alun o'i gadair ac ymysgwyd yn gorfforol ac yn feddyliol. Os oedd yr iaith Gymraeg yn mynd i farw doedd dim byd y gallai ef ei wneud i'w hachub. A gwyddai o'r gorau fod eistedd yn ei gadair esmwyth ar fore Sadwrn yn tueddu i wneud iddo deimlo'n bruddglwyfus weithiau os gadawai i'w feddwl ogrdroi ar un pwnc. Yn hyn o beth doedd byw ar ei ben ei hun ddim yn help. Doedd neb yno i beri iddo anghofio am ei fyd mewnol ei hun. Aeth at y drws ffrynt a'i agor. Roedd yr awel oer yn llesol i'w ymennydd swrth ac roedd gweld y byd y tu allan yn llesol i'w ysbryd.

'Bore da, Alun,' meddai Doris James, gwraig oedrannus, wrth fynd heibio, 'Sut wyt ti heddiw?'

'Iawn diolch yn fawr, Mrs James. A chithau?'

'Iawn, 'sti. Mae hi am law dwi'n ofni,' meddai'r hen wreigan gan lincian-loncian yn ei blaen yn araf i gyfeiriad y siop lle treuliai hanner awr bob dydd ond dydd Sul.

Dim ond ychydig eiriau o gydgyfarch ond roeddynt yn ddigon i ailddeffro'r bod cymdeithasol ynddo. Hen wreigan gyffredin, syml. Halen y ddaear. Wedi treulio'i hoes yn cerdded i fyny ac i lawr y pafin hwn o Tŷ Isaf i siop y pentref, meddyliai Alun. Ac wedi gweld llawer o newidiadau'n ddiau. Yna, yn ei ddychymyg, gwelai Rhian Mair yn hen wraig tua Wolverhampton, wedi colli ei Chymraeg ar ôl treulio'i hoes yng nghanolbarth Lloegr.

Wrth sefyll ar stepen y drws, aeth trwy ei ffrindiau ysgol yn ei feddwl i weld faint ohonynt oedd wedi priodi Saeson neu ddieithriaid eraill. Roedd nifer sylweddol ohonynt wedi priodi Saeson. A thybiai Alun ei fod yn canfod teip o berson a fyddai'n dewis priodi Sais neu Saesnes, a theip arall na fyddai'n breuddwydio gwneud y fath beth. O edrych yn ôl oedd, roedd Rhian Mair y teip i briodi Sais. Roedd hi'n hoffi pobl ddieithr ac roedd hi'n edmygu'r genedl a gynhyrchodd y Beatles, y Rolling Stones ac arwyr eraill na fyddai grwpiau Cymraeg byth yn medru eu hefelychu.

Atgoffodd Alun ei hun fod gan bob un ohonom ni hawl i ddewis priodi pwy bynnag a fynnem. Roedd hynny'n beth da. Yn sicr, roedd yn well na phriodasau wedi eu trefnu, ac roedd yn rhaid bod yn ddiolchgar am y rhyddid hwnnw. Wrth gau'r drws unwaith eto, dymunodd bob lwc i'w gyn-gariad yn ei bywyd newydd yn Wolverhampton. Allai neb ei beio hi am ddymuno gadael y gornel fach dywyll hon o'r byd, meddyliodd. Er ei fod ef ei hun yn hapus iawn yn byw yn ei ardal enedigol, sylweddolai fod atyniad y trefi mawr yn gryf i'r rhan fwyaf.

Gwyddai Alun nad oedd yn arfer ganddo feddwl cymaint am y pethau hynny a oedd yn dylanwadu ar iaith, diwylliant a bywyd ei fro enedigol. Roedd wedi hen gynefino â newid ac mae'n debyg ei fod yn derbyn bod yr iaith Gymraeg yn tynnu'n raddol anochel tua therfyn ei hoes rywbryd yn ystod yr unfed ganrif ar hugain, neu'r ail ar hugain o bosib. Ar ôl iddo ef fynd o'r byd, beth bynnag. Roedd cymaint â hyn yn sicr – ac yn gysur – sef na fyddai'r iaith farw yn ystod ei oes ef ei hun. A hyd yn oed pe *bai*'n marw, byddai hynny'n arbed llawer o ing a dioddef i lawer o bobl, meddyliodd. Gwell iddi farw ar unwaith na dihoeni'n araf gan arteithio pawb a bryderai amdani.

Gwyddai Alun yn iawn mai busnes Ty'n Rhos oedd yn gyfrifol am y diddordeb newydd a deimlai ym mywyd ei ardal ac yn hynt yr iaith Gymraeg. Roedd yr awydd i ddeall beth oedd y tu ôl i'r llosgi wedi deffro rhywbeth ynddo – ymwybyddiaeth boenus o sefyllfa enbydus ac argyfyngus yr iaith a oedd yn gymaint rhan o'i bersonoliaeth. Roedd meddwl amdani hi'n marw yn amhosib heb deimlo hefyd fod rhan ohono'i hun yn marw. Rhywsut, roedd cysylltiad anniffiniadwy rhwng yr iaith a'i hanfod ef ei hun.

Ac eto, roedd yn rhyfedd meddwl y gallai iaith yr oedd cymaint o bobl wrthi'n egnïol yn ceisio'i chynnal yn eu hamryfal ffyrdd eu hunain farw. Roedd cenhedlaeth ddeallus ac ymroddgar y chwedegau, y saithdegau – a'r wythdegau hefyd bellach – wedi mynd trwy'r colegau ac wedi llenwi swyddi dylanwadol trwy Gymru gyfan. Digwyddasai newidiadau chwyldroadol ym myd addysg a'r cyfryngau ac roedd y Gymraeg yn amlycach nag erioed o'r blaen ym mywyd cyhoeddus y wlad. Onid oedd yr ymgyrchoedd i'w hamddiffyn, a gostiodd gymaint o aberth i gynifer o unigolion, wedi eu hennill bob un? Ac eto, yng ngolwg Alun, roedd paradocs a oedd yn ddoniol ac yn drist ar yr un pryd yn sefyllfa'r iaith: roedd unigolion mwyaf dawnus ei genhedlaeth yn ymegnïo'n optimistaidd i sefydlu a chynnal cyrff cyhoeddus eang eu dylanwad a fyddai'n hyrwyddo'r iaith ac, ar yr un pryd, roedd pob cyfrifiad yn tystio bod llawer tebyg i Rhian Mair – yn eu hymchwil cwbl naturiol am hapusrwydd – yn cyfrannu'n anymwybodol at y broses anweladwy a oedd yn graddol ddatod clymau'r genedl.

Cofiodd Alun eto am Doris James a'i chenhedlaeth uniaith. Pobl tlawd iawn oedd llawer ohonynt a'r rhan fwyaf wedi cael bywydau caled i'w ryfeddu – tlodi a chaledi roedd yn anodd i rai a aned yn ystod ail hanner y ganrif eu dychmygu. Ei chenhedlaeth hi, fodd bynnag, oedd y genhedlaeth uniaith olaf, ac ni welid ei thebyg byth eto yn y Gymru ddwyieithog a elwid gan rai yn Gymru Gymraeg. A hyd y gwelai Alun, ni ellid gwadu fod y broses o ymseisnigo'n rhan o'r broses ehangach o ddiosg y tlodi a'r caledi dychrynllyd hynny. A sut yn y byd y gallai unrhyw un rhesymol ddymuno i'r dyddiau hynny ddychwelyd? Doedd dim pwynt rhamanteiddio'r gorffennol gan ddethol yr agweddau dymunol ac anwybyddu'r annymunol. Roedd taid Alun ei hun yn ŵr uniaith ar hyd ei oes i bob pwrpas, ond teimlai'r ŵyr na fyddai wedi dymuno newid lle efo fo a gorfod gweithio oriau meithion yn y chwarel lechi am gyflog pitw a hynny ar drugaredd meistr hollalluog a mân swyddogion anghyfiawn nad oeddynt yn atebol i neb.

Ond wedyn, heb y Cymry uniaith fel Doris James, pa obaith oedd i'r Gymraeg mewn gwirionedd, gofynnai Alun. Un canlyniad amlwg i ddwyieithrwydd oedd bod Rhian Mair wedi medru priodi Sais a mynd i fyw i Wolverhampton. Croth Gymreig arall wedi ei cholli, meddyliodd Alun gan chwerthin a chan gofio geiriau'r Ficer lleol a oedd wedi dweud o'r pulpud mai dyletswydd pob Cymro a Chymraes oedd cenhedlu cynifer o blant ag a oedd yn bosibl! Doedd gorboblogi ddim yn broblem Gymreig, meddai, gan fod digon o le i filiwn neu ddwy arall yng Nghymru. Problem ydoedd i wledydd gorboblog fel Lloegr a'r Iseldiroedd. Ffordd sicr o achub yr iaith, yn ôl y Ficer goleuedig, oedd i'r Cymry Cymraeg fagu teuluoedd mawr o Gymry bach.

Wrth feddwl am Gymry bach y pentref doedd Alun ddim mor siŵr. Yn un peth, doedd llawer o'r rhieni ddim yn dewis trosglwyddo'r iaith i'w plant bellach am ryw reswm. A beth am Gymraeg y gweddill? Hyd y gwelai Alun, roedd ynddi lawer o eiriau Saesneg, llawer o ymadroddion Saesneg, a gwaeth fyth, llawer o idiomau Saesneg wedi eu trosi yn eu crynswth i'r Gymraeg. Roedd gwybod geirfa a phriod-ddulliau iaith arall yn dylanwadu ar ansawdd y famiaith, a chlywid y fratiaith newydd ym mhob man. Ac wedyn, yn achos nifer o'r plant, doedd dim modd gwybod pa iaith, mewn gwirionedd, *oedd* eu mamiaith bellach. Doedd gafael llawer ohonynt ar gystrawen a theithi'r iaith ddim yn ddiogel o gwbl a siaradent fath o Saesneg yn Gymraeg, hyd y gwelai Alun. Oedd iaith o'r fath yn werth ei hamddiffyn? Oedd hi'n werth ei choleddu? Oedd yna unrhyw bwynt i'r merthyron ifanc dreulio'u blynyddoedd yn y carchar drosti mewn gwirionedd, yn enwedig gan fod y mwyafrif mawr yn gwbl ddifater ynghylch ei thynged?

Ac wrth feddwl am Doris James a Rhian Mair eto, gallai Alun weld nad difaterwch bwriadol neu negyddol ydoedd – nid esgeulustod digywilydd, digydwybod. Roedd Doris James wedi defnyddio'r Gymraeg ar hyd ei hoes yn unig gyfrwng cyfathrebu naturiol y gwyddai amdano. Roedd hi, mewn gwirionedd, *wedi* gwneud popeth yn Gymraeg – ei chwarae yn blentyn, ei charu yn llances, ei gwaith yn wraig, ei chwerthin a'i galaru – a thrwy'r cyfan roedd fel petai'n hollol anymwybodol bod unrhyw berygl i'w hiaith. A dyna Rhian Mair. Doedd dim owns o atgasedd at na'i chenedl na'i hiaith yn perthyn iddi. Yn wir, roedd yn ferch hyfryd heb unrhyw falais yn ei gwneuthuriad. Ond, yn berffaith syml, doedd yr iaith ddim yn fater a'i poenai o gwbl. Modd i gyfathrebu oedd siarad, a gallai wneud hynny bron yr un mor rhwydd yn Saesneg ag yn Gymraeg bellach.

Beth felly oedd yn gyrru Rhisiart ap Glyn ac eraill i ddadlau mor frwd ac mor gyson dros 'hawliau'r iaith'? Beth a daniai rhywun fel Rheinallt Fychan ddigon i fedru dioddef misoedd o garchar dros yr iaith? Beth oedd yn gyrru pobl i losgi tai oherwydd na allai neb yn y gymuned fforddio eu prynu? Roedd y rhain yn gwestiynau a ddechreuasai boeni Alun o ddifrif byth er pan glywodd am losgi Ty'n Rhos. Ac yna, cafodd syniad a oedd yn ei ddychryn ac yn ei ogleisio ar yr un pryd. Gallai geisio cysylltu â'r llosgwyr er mwyn medru dod i'w deall yn well. Nid er mwyn y stori dreiddgar honno a fuasai mor bwysig iddo fel newyddiadurwr tan yn ddiweddar, ond er mwyn iddo fedru deall pam yn union bod colli iaith yn achosi cymaint o ing i rai pobl tra oedd eraill – y mwyafrif mawr, mewn gwirionedd – yn anwybyddu ei thynged.

Erbyn hyn, fodd bynnag, doedd gan y Llais a'i ffoniodd ddim rheswm pellach dros gysylltu ag ef gan nad oedd am lunio'i stori. Roedd yn ddirgelwch i Alun o hyd pam bod y Llais – os mai un o'r llosgwyr oedd o – am iddo *beidio* ag ysgrifennu stori a fyddai'n rhoi sylw i'r tân, yn enwedig gan fod dwy erthygl wedi ymddangos yn y papur Saesneg. Ac eto, llosgwr neu beidio, roedd yn rhaid bod a wnelo'r Llais *rywbeth* â'r tân yn Nhy'n Rhos. Siawns felly na allai gysylltu â'r llosgwyr dim ond iddo fedru denu'r Llais i'w ffonio eto.

Sut roedd mynd o'i chwmpas hi i ddenu'r Llais i'w ffonio eto oedd y cwestiwn a boenai Alun yn awr.

* * *

Ymgollodd Alun yn llwyr yn y gêm bêl-droed y prynhawn hwnnw a mwynhaodd gwmni Glyn a Jonathan yn fawr, fel arfer. Ni wyddai Alun lawer am dacteg ond roedd ganddo grap eithaf ar reolau'r gêm. Nid oedd yn ymddiddori, fel y gwnâi Glyn – a Jonathan hefyd bellach – yn y busnes o brynu a gwerthu chwaraewyr ychwaith. Achlysur cymdeithasol, cyffrous oedd y gêm bêl-droed i Alun, cyfle i ymgolli mewn tyrfa ac uniaethu – dros dro – gyda'r tîm a'i uchelgais. A heddiw, roedd yn gyfle iddo geisio anghofio am y tân yn Nhy'n Rhos ac am y Llais hefyd.

Roedd mynd i weld y gêm bêl-droed yn rhan o ddefod achlysurol roedd iddi ei phwysigrwydd ym mywydau'r tri chyfaill ers misoedd bellach. Erbyn hyn, roedd 'mynd i Fangor' ar ddydd Sadwrn yn golygu llawer mwy na gêm bêl-droed a thrip i'r ddinas honno. Cyn mynd i'r cae ei hun byddai'r hogiau'n ymweld â nifer o siopau yn y ddinas ac yna'n cael tamaid o ginio yn un o'r tafarnau. Amrywid y dafarn bob tro hyd nes iddynt ddod yn eithaf cyfarwydd â phob un o dafarnau niferus y ddinas. Eu tuedd, fodd bynnag, oedd mynd i dafarnau Bangor Uchaf ac yna, pan fyddai bron yn amser y gêm, gallent gerdded i lawr yr hen A5 yn hamddenol i gyfeiriad Ffordd Farrar lle'r oedd y cae.

Rhan arall o'r ddefod oedd mynd am bryd o fwyd ar ôl y gêm. Tueddent i fynd i lawr i Fangor Isaf ac anelu am ganol y ddinas. Ar y dydd Sadwrn arbennig yma, gan fod tyrfa fawr yn y cae, penderfynasant fynd i Westy'r Castell er mwyn osgoi'r mannau bwyta prysuraf. Aethant at far y gwesty moethus hwnnw a phrynu pryd ysgafn a diod bob un. Yna, aethant i eistedd yng nghornel yr ystafell a dechrau dadansoddi'r gêm.

'Biti bod y reff ddim wedi gweld y boi 'na'n camsefyll jest cyn y gôl gynta,' meddai Glyn. 'Mi newidiodd y gêm yn llwyr ar ôl hynny.'

'Dwi'n cytuno â thi, Glyn,' meddai Jonathan a oedd wedi gweiddi nerth ei ben ar anghyfiawnder dall y dyfarnwr, er difyrrwch mawr i'r ddau arall.

'Roeddwn i'n meddwl dy fod ti'n mynd i redeg ar y cae a thagu'r creadur!' meddai Glyn, a chwarddodd y tri chyfaill. 'A dwi'n cofio'r amser pan oeddet ti'n ystyried pêl-droed yn rhywbeth islaw dy sylw di . . .'

'Ddywedais i mo hynny erioed . . .'

'Do, mi wnest, yn' do Alun?'

Ond dim ond gwenu a wnaeth Alun.

'Dwi'n dy gofio di'n dweud mai rhywbeth i'r dosbarth gweithiol Seisnig neu ryw blydi lol cymdeithasol fel'na ydi pêl . . .'

'Taw â gor-ddweud, y diawl,' atebodd Jonathan mewn peth dryswch, 'awgrymais i erioed y fath beth . . .'

'Alun? Wyt ti'n cofio'n ffrind ni'n dweud nad oedd crachach Surrey byth yn chwarae pêl-droed a dyna pam nad oedd 'na dimau proffesiynol yn yr *Home Counties*?'

gofynnodd Glyn gan gau un llygad ar Alun.

Gwyddai Jonathan yn iawn bellach mai tynnu ei goes roedd Glyn a rhoddodd bwniad chwareus iddo yn ei asennau. Digwyddodd y tri ohonynt godi eu gwydrau ar yr un pryd a pharodd hynny hefyd i'r cyfeillion chwerthin. Roeddynt mewn hwyliau da ac yn mwynhau cael ymlacio ac anghofio am ofalon gwaith.

'Ga i gynnig llwncdestun,' aeth Glyn yn ei flaen yn yr un modd chwareus. 'I ddyfodol y diwylliant Celtaidd, sy'n ddigon diogel yn nwylo tîm pêl-droed Bangor-ai!'

Trodd y sgwrs at faterion eraill ac ymunai Alun ynddi bob hyn a hyn. Ymhen dim, fodd bynnag, roedd y sgwrs wedi troi at ryw fater dyrys a chafodd Alun ei hun yn dechrau ymgolli yn ei feddyliau preifat unwaith eto. Roedd yn ymwybodol o lais brwd Jonathan yn trafod cyflwr truenus rhyw grŵp ethnig yn rhywle yn Ewrop a llais mwy sobr Glyn yn ceisio dehongli'r sefyllfa'n gytbwys a rhesymol. Yn ôl ei arfer pan drôi'r sgwrs at wleidyddiaeth a materion cyfoes, eisteddai Alun yn dawel a llonydd gan geisio gwrando. Ond er ei waethaf, ni allai beidio â llithro i'w fywyd ei hun.

Yn sydyn, daeth dau ŵr arall i'r ystafell ac adnabu Alun un ohonynt ar unwaith.

'Hei, bois,' meddai wrth y ddau arall a stopiodd eu trafodaeth ar unwaith a throi i edrych. 'Dyna'r gwyddonydd fforensig yr es i i'w weld o ym Mae Colwyn.'

'Pa un?' gofynnodd Jonathan.

'Hwnna ar y chwith efo'r gôt lwyd,' atebodd Alun.

'Dydi o ddim yn edrych yn debyg i wyddonydd chwaith,' meddai Glyn a sylweddoli ar unwaith nad oedd hynny'n beth synhwyrol iawn i'w ddweud.

'Beth wyt ti'n 'ddisgwyl?' gofynnodd Jonathan gan weld cyfle i wneud hwyl am ben Glyn am unwaith. 'Iddo fo wisgo côt wen a chario microsgop!'

'Taw y lembo!' meddai Glyn. 'Wyt ti'n gwybod be roeddwn ni'n 'feddwl! Mi fasai rhywun yn meddwl o edrych arno fo ei fod o'n foi gwerthu ceir neu rywbeth.'

'Be!' meddai'r ddau arall ar yr un pryd a chwerthin am ei ben.

'Oes gen ti awydd mynd i siarad efo fo?' gofynnodd Glyn i Alun a oedd yn dal i edrych i gyfeiriad Martin Davies. Dyna'n union oedd ar feddwl Alun ond ei fod yn petruso.

'Efallai y cei di fwy o wybodaeth am fusnes Ty'n Rhos,' meddai Glyn wedyn. Roedd hynny'n ddigon i Alun, hyd yn oed cyn i Jonathan ategu: 'Ie, dos i ofyn iddo fo. Mi arhoswn ni yma amdanat ti.'

Cododd Alun ac heb wybod yn iawn beth a ddywedai wrth Martin Davies cerddodd draw at y bwrdd lle'r eisteddai hwnnw gyda'r gŵr arall. Gallai Glyn a Jonathan weld bod y ditectif yn cofio Alun yn iawn ac ymddangosai'n falch o'i weld eto. Gwahoddwyd Alun i eistedd gyda'r ddau ŵr ac fe'i cyflwynwyd i'r un nad oedd yn ei adnabod. Bu'r tri'n sgwrsio am funud neu ddau ac yna cododd y trydydd gŵr, ysgwyd llaw ag Alun a ffarwelio â Martin Davies. Trodd Glyn a Jonathan yn ôl at eu diod ac at eu sgwrs.

Ni bu Alun yng nghwmni Martin Davies yn hir ond cafodd ar ddeall fod y gwaith dadansoddi cemegol ar y mân ddernynnau o ddefnydd wedi'i gwblhau. Un ffaith ddiddorol, yn ôl Martin Davies, oedd mai o blanhigion y deuai'r llifynnau i greu'r gwahanol liwiau. Ymhen llai na phum munud dychwelodd Alun at y bwrdd lle'r oedd Glyn a Jonathan ac awgrymu y dylent fynd adref cyn bo hir. Parodd rhywbeth ynglŷn ag Alun i'r ddau arall ymatal rhag gofyn pam ei fod yn awyddus i fynd ac, wedi gorffen eu diodydd, cychwynnodd y tri am y maes parcio aml-lawr yng nghanol y ddinas.

Pennod 12

Y BORE WEDYN, bore Sul, roedd Alun yn dal yn ei wely am ddeg o'r gloch pan ddaeth sŵn curo mawr ar y drws ffrynt. Rhoddodd ei ŵn gwisgo amdano ac aeth i lawr y grisiau ar fyrder i weld beth oedd yn bod. Gydag iddo agor y drws, brasgamodd Glyn ar ei union i'r tŷ, a'i wynt yn ei ddwrn, a chyhoeddi:

'Mae Trefor wedi diflannu.'

'Be! Be wyt ti'n 'feddwl?'

'Newydd weld ei fam o. Mae hi'n eistedd yn y ffordd y tu allan i'w thŷ. Dweud nad ydi hi wedi gweld Trefor oddi ar nos Wener.'

Cofiodd Alun ar unwaith ei fod wedi gweld Trefor yn ymyl Ty'n Rhos tua chanol nos y noson honno ac wedi ei ddilyn yn ôl i'r pentref.

'Wel pam na fyddai hi wedi dweud wrth rywun ddoe os nad oedd o yn ei wely yn y bore?'

'Mae hi'n dweud bod Trefor wedi arfer aros allan drwy'r nos weithiau. Mae hi'n mwmial enw Ty'n Rhos o hyd ac yn dweud ei fod o'n siarad lot am y lle, ac yn mynd yno yn y nos meddai hi. Wn i ddim faint o goel elli di ei rhoi ar ei geiriau hi, ond mae hi'n *dweud* ei fod o wedi cysgu yno ddwywaith ers y tân.'

Roedd Alun wedi ei syfrdanu gan y newyddion hyn a llifodd amheuon trwy ei feddwl o'r newydd wrth gofio am ei sgwrs â Threfor yn y tŷ yn gynharach nos Wener. Ond yr hyn a'i poenai fwyaf oedd y posibilrwydd mai ef oedd y person olaf i weld Trefor a hynny dan amgylchiadau y gellid eu hystyried yn amheus.

'Welodd neb mohono fo, ddoe?' gofynnodd i Glyn yn

bryderus.

'Ddim hyd y gwn i. Ond pwy ŵyr . . .'

'Oes rhywun wedi ffonio'r heddlu?'

'Mi aeth Betsan ei hun i dŷ John Williams ond mae o wedi mynd i ffwrdd am y penwythnos. Ond mi welodd Doris James Betsan yn crio a phan gafodd hi wybod be oedd yn bod mi aeth i mewn i Dŷ Pellaf i gael gweld drosti hi ei hun. Ond doedd 'na ddim sôn am Trefor yn unman, mae'n debyg, ac mi ffoniodd Doris James 999. Mae 'na rywun ar y ffordd o'r dref.'

'Beth am Cwnstabl Roberts o'r Llan?' gofynnodd Alun.

'Twt! Doedd hwnnw ddim ar gael!' atebodd Glyn mewn modd a awgrymai nad oedd angen esboniad pellach.

'Pryd gwelaist ti o ddiwethaf, Alun? Ddaeth o i dy weld di wedi imi ddweud wrtho?' gofynnodd Glyn yn llai cynhyrfus wedi cael trosglwyddo'r newydd drwg.

Petrusodd Alun a cheisio penderfynu pa ateb fyddai'r gorau i'w roi. Byddai'n amhosibl iddo gelu'r gwir yn hir ond efallai y byddai'n medru cadw'n dawel am ei ymweliad hwyr y nos i Dy'n Rhos pe gwyddai fod rhywun arall wedi gweld Trefor ar ôl iddo ef ei weld.

'Do, mi ddaeth o i 'ngweld i,' atebodd Alun yn araf gan obeithio y bodlonai Glyn ar hynny.

'Sut hwyl oedd arno fo?'

'Dim yn arbennig o dda, mae'n debyg. Ond doedd o ddim yn isel ofnadwy chwaith.'

'Rwyt ti'n betrus iawn am ryw reswm. Be sy?' gofynnodd Glyn.

'Mae'r newydd yn dipyn o sioc, wrth gwrs. A'r ffaith ei fod o'n ymweld â Thy'n Rhos. Ac wedi cysgu yno! Wedi cysgu yno, ddywedaist ti?' ailadroddodd Alun gan obeithio newid trywydd y sgwrs.

'Felly y dywedodd ei fam o, ie.'

Cerddodd Alun at y drws ffrynt a dilynodd Glyn ef allan i'r ffordd. Roedd tyrfa i'w gweld yn ymgynnull yn ymyl y siop ac, yn reddfol, dechreuodd y ddau gyfaill gerdded tuag ati. Dyna lle'r oedd Betsan, mam Trefor, yn dal ar y llawr yn crio ac yn gwrthod caniatáu i neb ei chodi. Roedd pawb yn siarad ar draws ei gilydd; rhai'n ceisio esboniad, eraill yn esbonio ac yn mentro ambell ddehongliad. Safai o leiaf ddwy gymdoges yno gyda phaned o de i'r hen wreigan ar y llawr ond gwrthodai hi unrhyw help yn ei hannibyniaeth ystyfnig.

Ymhen ychydig funudau gwelid cerbyd yr heddlu yn nesáu. Daeth dau gwnstabl o'r car a gwahanodd y dorf fechan o'u blaenau. Yn gwbl ddiseremoni, codwyd Betsan oddi ar y llawr gan y talaf ohonynt wedi iddo ofyn ai syrthio wnaeth hi a chael gwybod nad oedd wedi brifo'i hun. Yn y cyfamser, roedd y cwnstabl arall yn holi Doris James ac yn ysgrifennu nodiadau. Yna, dechreuodd y ddau gwnstabl holi pawb oedd yno ynglŷn â Trefor. Eglurodd rhywun yn garedig iawn nad oedd Trefor yn union fel pawb arall o ran ei feddwl a gwnaed nodyn o hyn. Y cwestiwn nesaf oedd a oedd rhywun wedi ei weld y diwrnod cynt. Doedd neb yn y dyrfa wedi ei weld ac felly gofynnwyd am ddydd Gwener. Roedd sawl un wedi ei weld fore a phrynhawn dydd Gwener.

'Beth am nos Wener?' gofynnodd y talaf o'r ddau gwnstabl. Roedd Alun yn ymwybodol iawn o lygaid a phresenoldeb Glyn yn ei ymyl a dywedodd yn dawel:

'Mi welais *i* Trefor nos Wener. Mi ddaeth o draw i 'ngweld i yn y tŷ 'cw.'

'Fyddai'n bosib i ni gael gair yn y car?'

'Wrth gwrs,' atebodd Alun, a dilynodd y cwnstabl i'w gar lle bu'r ddau'n eistedd am tua deng munud.

Tra oedd yn disgwyl i Alun ddod yn ôl, bu Glyn yn sgwrsio efo amryw o drigolion Pen-sarn ynghylch diflaniad Trefor. Erbyn hyn, roedd tua hanner y pentref wedi ymgynnull y tu allan i'r siop ac roedd ceir yn cael eu rhwystro gan y dorf. Ceisiodd yr ail blismon wasgaru'r dorf ond roedd pobl yn gyndyn o ymadael. Yna, daeth y plismon arall i'r golwg efo Alun wrth ei ochr. Yn ei lais mawr, cyhoeddodd fod yn rhaid i bawb wasgaru ac y byddai ef a'i bartner yn dod i weld nifer ohonynt yn eu cartrefi yn ystod y bore a'r prynhawn hwnnw. Yn y cyfamser, trodd Alun at Glyn a dweud:

'Mae o isio imi fynd i'r orsaf leol i wneud datganiad. Ddoi di efo fi?'

'Wrth gwrs,' meddai Glyn wedi ei syfrdanu. Rhaid bod ei gyfaill yn gwybod cryn dipyn am Trefor druan.

* * *

Ar ôl ei ymweliad â gorsaf yr heddlu bu Alun yn brysur iawn am weddill y diwrnod. Aeth adref ar ei union ac estyn ei lyfr cyfeiriadau a rhifau ffôn. Ffoniodd bob un o'r wyth aelod arall o fwrdd golygyddol *Y Cymydog* ac eithrio Glyn, a wyddai am ei fwriad. Gofynnodd iddynt a fyddent yn fodlon iddo lunio taflen newyddion ar frys y prynhawn hwnnw i'w dosbarthu ganddo ef i bawb yn y pentref y noson honno. Pwysleisiodd na fyddai'n golygu gwaith nac anghyfleustra i unrhyw un arall, a dywedodd nad oedd raid i enw'r *Cymydog* fod ar gyfyl y daflen os nad oeddynt yn dymuno iddo fod. Dadleuodd yn frwd fod y cysylltiad amlwg rhwng Trefor a'r tân yn Nhy'n Rhos yn golygu mai yno ym Mhen-sarn yr oedd yr achos cyntaf o losgi tŷ haf yng Nghymru yn debyg o gael ei ddatrys. Byddai'r peth yn newyddion cenedlaethol cyn bo hir, meddai, ac roedd yn bwysig bod trigolion y pentref yn cael y stori lawn – a hynny'n fuan – yn hytrach na fersiwn papur newydd. Gan ei fod ef wedi gweld Trefor y tu allan i Dy'n Rhos ac wedi cael cyfle i holi'r heddlu a chael ei holi ganddynt, roedd mewn sefyllfa ddelfrydol i ysgrifennu stori. Byddai'n gyfle iddo hefyd roi taw ar y siarad, a oedd wedi cychwyn yn barod, fod cysylltiad rhyngddo ef a diflaniad Trefor.

Doedd gan neb wrthwynebiad i gynllun Alun ond tueddai nifer ohonynt i feddwl ei fod yn fyrbwyll. Y teimlad cyffredinol oedd nad oedd diben gwrthwynebu'r cynllun gan fod y syniad o ysgrifennu am yr ymgyrch llosgi tai haf wedi bod yn cronni yn ei feddwl erstalwm, ac roedd Alun yn medru bod yn benderfynol iawn ar adegau. Ni allai wneud dim drwg iddo ysgrifennu erthygl am y llosgi ac efallai y câi wared â'r peth o'i system. O leiaf, ni fyddai'r fenter yn costio dim i'r *Cymydog* ac os oedd Alun, fel unigolyn, am gyhoeddi taflen newyddion ar ei liwt ei hun, roedd ganddo berffaith hawl i wneud, hyd yn oed os oedd yn beth od i'w wneud. Roedd pob un yn rhag-weld anawsterau ymarferol, fodd bynnag. Sut yn y byd y gellid ysgrifennu, cysodi, argraffu a dosbarthu'r cyfan mewn cyn lleied o amser – yn enwedig ar ddydd Sul? Ond pwysleisiodd Alun mai ei broblem *ef* oedd hynny ac mai'r cyfan roedd o eisiau oedd cael gwybod na fyddai'n sathru ar gyrn neb trwy weithredu'n annibynnol fel hyn. Ar brynhawn Sul, roedd gan bobl bethau eraill i feddwl amdanynt ar wahân i syniadau rhyfedd Alun, yn enwedig y dydd Sul arbennig yma pan oedd gymaint i siarad amdano yn y pentref. Felly, roedd pawb yn ddigon bodlon i Alun wneud beth bynnag a fynnai.

Wedi cael bendith pawb ar y bwrdd golygyddol, ffoniodd Alun yr argraffydd a gynhyrchai'r *Cymydog*. Ni chafodd ateb fodd bynnag a bu raid iddo estyn am y Tudalennau Melyn. Ffoniodd bob un o'r argraffwyr a oedd o fewn cyrraedd ond un ai nid oedd ateb neu nid oeddynt yn gweithio ar ddydd Sul. Hyd y gwelai ef, heb argraffydd byddai ei gynllun yn methu'n llwyr. Serch hynny, ffoniodd Mair Thomas, yr ysgrifenyddes a wnâi'r gwaith teipio ar gyfer *Y Cymydog*. Trwy lwc, roedd hi gartref.

'Mair, mae'n ddrwg gen i dy ffonio di ar b'nawn dydd Sul fel hyn.'

'Popeth yn iawn. Be ga i 'wneud i ti?'

'Fyddai'n bosib i ti deipio rhywbeth i mi heddiw?'

'Heddiw? Be 'di dy frys di?'

'Does gen i ddim amser i esbonio. Mae'n rhaid i mi gael ateb gen ti! Dwi isio cynhyrchu taflen newyddion heddiw 'ma.'

'Taflen? Un ochr, felly?

'Wel . . . un neu ddwy . . . be 'di'r gwahaniaeth?'

'Dim, mae'n debyg. Dim ond bod dwy ochr yn mynd i gymryd mwy o amser. Wyt ti'n 'nabod rhywun efo prosesydd geiriau?'

'Dwi ddim yn credu. Mae 'na ddigon ohonyn nhw yn y swyddfa 'cw yn y dre ond mi fydd y lle wedi'i gloi heddiw. P'run bynnag, does gen i ddim syniad sut i ddefnyddio prosesydd geiriau.'

'Wel gwranda, mae'n debyg y gallwn i gael awr yn rhydd i ti ddiwedd y prynhawn 'ma os gelli di gael prosesydd i mi o rywle.'

'Ond mae gen ti deipiadur yn y tŷ, on'd oes?' gofynnodd Alun gan ofni ei fod am glywed newydd drwg.

'Oes, ond elli di ddim cysodi ar *deipiadur*, Alun bach! Os wyt ti isio i mi gysodi hefyd . . .'

'Wyt ti'n medru cysodi?'

'*Un dudalen*, gallaf! Dwi ddim yn bwriadu ceisio cysodi'r *Cymydog* i gyd os dyna be wyt ti'n trio'i awgrymu . . .'

'Felly does dim rhaid i mi ffeindio rhywun i gysodi?'

'Na.'

'Fy mhroblem fwyaf i, felly, ydi nad oes gen i neb i argraffu. Dwi wedi ffonio . . .'

'I be wyt ti isio rhywun i argraffu? Be sy'n bod efo llungopïo?'

'Wel, argraffu, llungopïo, be 'di'r gwahaniaeth? Mae'n rhaid i mi ffeindio rhywun sy'n medru cynhyrchu copïau i mi.'

'Dwi'n 'nabod rhywun efo llungopïwr . . .'

'Grêt.'

'Ie, ond dal dy wynt. Dwi ddim yn siŵr ydi o'n llungopïo dwy ochr . . .'

'Gwranda,' meddai Alun, ar frys o hyd, 'elli di ffonio dy ffrind a gofyn a fyddai'n bosib i mi fynd draw rywbryd y prynhawn 'ma?'

'Wel, dwi ddim yn gwybod a fydd hi gartref hyd yn oed, ond mi dria i. Ac mae'n rhaid i finnau fynd allan y prynhawn 'ma. Fydda i ddim yn ôl tan tua phump.'

'Pump!'

'Mae'n ddrwg gen i Alun ond . . .'

'Na, na. Paid ag ymddiheuro. Dwi'n ddiolchgar iawn i ti am dy help. Mi ddo i draw am bump efo'r deunydd yn barod i'w gysodi. Hynny ydi, os bydda i'n medru ffeindio rhywun efo prosesydd geiriau.'

'Iawn. Mi ffonia innau fy ffrind yn syth a rhoi caniad i ti ymhen rhyw ddeng munud.'

'Grêt. Hwyl am rŵan.' A rhoddodd Alun y ffôn i lawr.

Roedd gan Alun gof iddo glywed Jonathan yn sôn am ddefnyddio prosesydd geiriau yn yr ysgol. Doedd Jonathan ddim ar y ffôn a byddai'n rhaid mynd i'w weld. Felly, gan gofio ysgrifennu nodyn rhag ofn bod Jonathan wedi mynd allan, rhuthrodd Alun o'r tŷ ac ar hyd ffordd fawr y pentref am dŷ ei ffrind. Curodd ar y drws a throi'r handlen ond roedd wedi'i gloi. Doedd dim byd amdani ond gadael ei nodyn a gobeithio y deuai Jonathan adref yn weddol fuan.

Ar ei ffordd adref, ceisiai Alun feddwl am unrhyw un arall o'i ffrindiau a fyddai'n debyg o feddu ar brosesydd geiriau. Ond ni allai feddwl am neb. Roedd yn eithaf sicr, fodd bynnag, fod gan Jonathan agoriad i'r ysgol ac y gellid mynd yno i weithio gan mai yno roedd y bwrdd golygyddol yn cyfarfod. Wedi dychwelyd i'w dŷ, aeth Alun i'r gegin i wneud paned a thamaid o ginio iddo'i hun. Ffoniodd Mair yn ôl o fewn pum munud gyda'r newydd y byddai ei ffrind, a oedd yn byw ryw ugain milltir i ffwrdd, gartref drwy'r dydd ac y gallen nhw fynd yno unrhyw bryd.

Wedi cael y newydd da hwn, cododd Alun y ffôn unwaith eto a deialu rhif yn Abergele. Tra disgwyliai ateb edrychodd ar ei oriawr. Roedd hi'n chwarter i un. Yna clywodd lais cyfarwydd ar y pen arall ac wedi iddo roi ei enw gofynnodd:

'Fydd hi'n iawn i mi ddod tua thri o'r gloch?'

'I'r dim,' meddai'r llais ar y pen arall, 'ond fel y dywedais i, does 'na ddim byd newydd yma i chi.'

'Diolch yn fawr i chi yr un fath. Mi fydd yn werth y daith.'

Aeth Alun i eistedd wrth y bwrdd lle y gwnâi ei waith ysgrifennu a dechreuodd lunio adroddiad am Dy'n Rhos, ei ymchwil ei hun a diflaniad annisgwyl Trefor Hughes, Tŷ Pellaf. Amcangyfrifai fod ganddo ryw awr a chwarter i'w gwblhau. Erbyn chwarter wedi un roedd y gwaith yn dod yn ei flaen yn eithaf ond yna canodd y ffôn.

'Damio!' meddai ac ystyriodd beidio â'i ateb. Ond cododd a chroesodd yr ystafell at y ffôn.

'Alun Ifans,' meddai swta braidd. Ond newidiodd ei agwedd yn llwyr pan glywodd y llais ar y pen arall.

'Rydw i'n gobeithio eich bod chi'n cofio'ch addewid, Mr Ifans.'

'Y . . . y . . . ydw, wrth gwrs,' meddai Alun gan geisio hel ei feddyliau'n sydyn.

'Achos fydd 'na ddim rhybudd arall. Peidiwch â holi'r heddlu ddim rhagor . . .'

'Wyddech chi fod un o'ch pobl wedi rhedeg i ffwrdd?' mentrodd Alun a oedd yn gobeithio yn awr y gallai gadw'r siaradwr ar y ffôn gyhyd â phosib. Petrusodd y Llais cyn ateb:

'Roeddwn i wedi clywed rhywbeth . . . Ond beth ydi hynny i chi? Peidiwch chi â busnesu . . .'

'Ond mi fyddwch chi un yn brin o hyn ymlaen. Fyddai hi ddim yn bosib i mi ymuno efo chi?'

'Chi? Pam y dylech chi fod eisiau ymuno?'

'Pam bod unrhyw un isio ymuno? Mae'n rhaid i rywun ymladd dros ryddid i Gymru. Mae'n rhaid i rywun fentro torri'r gyfraith cyn y cawn ni ein hannibyniaeth. Fyddai hi ddim yn bosib i ni gyfarfod er mwyn . . .'

'Gwrandwch, y ffŵl ifanc. Wyddoch chi ddim am beth rydych chi'n siarad, nac efo pwy ychwaith.'

'Ond mi fyddai'n dda gen i fedru helpu, yn enwedig gan eich bod chi wedi colli un aelod defnyddiol . . .'

'Does 'na ddim byd wedi cael ei brofi eto. Cofiwch hynny.'

Yn sydyn, rhoddwyd y ffôn i lawr y pen arall. Rhoddodd Alun yntau ei ffôn i lawr. Roedd gwên o foddhad ar ei wyneb. Roedd y Llais wedi gwneud ei gamgymeriad cyntaf.

* * *

Gorffennodd Alun ei adroddiad ychydig funudau wedi dau o'r gloch. Cododd ei gôt ac allweddi ei gar a gadawodd y tŷ ar frys. Roedd y ffyrdd yn ddigon tawel y prynhawn Sul hwnnw a chyrhaeddodd Fae Colwyn tua deng munud i dri. Parciodd ei gar ym maes parcio pencadlys yr heddlu ac aeth i mewn i'r adeilad. Roedd Martin Davies yn disgwyl amdano yn y cyntedd ac wedi i Alun lofnodi'r llyfr ymwelwyr, arweiniwyd ef unwaith eto i'r labordy a'r swyddfeydd cyfagos. Tua ugain munud yn ddiweddarach, roedd yn ôl yn ei gar ac yn cychwyn am adref unwaith eto.

Rhuthrodd Alun o'i gar a rhoi'r agoriad yng nghlo'r drws ffrynt. Edrychodd ar ei oriawr ar yr un pryd. Roedd hi'n chwarter wedi pedwar. Gweddïai, wrth agor y drws, y byddai nodyn iddo oddi wrth Jonathan. Ni siomwyd ef yn hyn o beth, ond wrth ei agor ofnai na fyddai Jonathan yn medru ei helpu. Yn ôl y nodyn, fodd bynnag, gallai Jonathan ac yntau fynd i'r ysgol i nôl prosesydd geiriau unrhyw bryd yr hoffai Alun fynd. Felly, rhedodd i lawr y ffordd i dŷ Jonathan ac o fewn ychydig funudau roeddynt yn sefyll yn ystafell ddosbarth Jonathan.

'Damio!' meddai Jonathan.

'Be sy?' gofynnodd Alun gyda phryder rhywun nad oedd yn deall dim ar dechnoleg.

'Allwn ni ddim symud y cyfrifiadur yma.'

'Pam?'

'Mae o wedi ei gysylltu wrth system larwm yr ysgol. Mi fydd raid i ti weithio arno fo yn fan hyn yn yr oerni.' Tra oedd Alun yn ystyried a fyddai Mair yn fodlon dod i'r ysgol i weithio, ychwanegodd Jonathan:

'Mi a' i i weld a oes 'na gyfrifiadur arall yn y storfa. Aros di yma am funud.'

Ac yno y bu Alun am rai munudau'n edrych yn aml ar ei oriawr. Roedd hi wedi troi ugain munud i bump a byddai'n hwyr yn mynd i weld Mair hyd yn oed pe bai'n ymadael ar unwaith. Teimlai'n ddiamynedd ond yn ddi-ymadferth ar yr un pryd. Doedd dim byd o gwbl y gallai ei wneud ond aros yn yr ystafell dywyll, oer hon nes i Jonathan ddod yn ei ôl. Ymhen ychydig, fodd bynnag, clywodd sŵn traed yn nesáu.

'Na. Yn anffodus maen nhw i gyd wedi eu cysylltu, Alun. Ac erbyn meddwl, mi fydd raid imi gael disg arbennig efo côd personol arni hi.'

'Beth mae hynny'n 'i olygu?' gofynnodd Alun gan rag-weld rhwystr arall i'w gynllun.

'Dim ond bod rhaid imi fynd adref i nôl fy nisg i fy hun. Mi es i â hi adre nos Iau.'

'Fydd hi'n bosib i mi weithio yn fan hyn efo Mair? Hynny ydi, os ydi hi'n fodlon dod yma ar noson mor oer.'

'Wrth gwrs,' atebodd Jonathan. 'Ond mi fydd raid i mi aros yma efo chi.'

'Dwyt ti ddim yn meindio?'

'Unrhyw beth i helpu,' meddai Jonathan ond gallai Alun synhwyro nad oedd y syniad o dreulio nos Sul yn ei le gwaith yn apelio ryw lawer ato, yn enwedig gan nad oedd yn credu mewn rhoi cyhoeddusrwydd i'r llosgwyr.

'Gwranda. Dwi'n ddiolchgar dros ben i ti am dy help ac mi wna i ffafr i tithau rywbryd.'

'Popeth yn iawn.'

'Mi a' i i nôl Mair, os ydy hi'n fodlon, ac mi wela i di yma ymhen hanner awr. Iawn?'

'Iawn, Alun.' A chychwynnodd y ddau o'r ysgol.

Rhedodd Alun yn ôl at ei gar a neidio iddo. Roedd hi'n ddeng munud i bump bellach. Roedd Mair, ysgrifenyddes *Y Cymydog,* yn byw ar fferm tua phum milltir i ffwrdd. Wedi taith araf ar hyd lonydd culion, cyrhaeddodd Alun y tŷ ffarm ac edrych ar ei oriawr. Roedd hi'n ddeng munud wedi pump, ond doedd dim sôn am gar Mair. Go brin ei bod hi wedi dod adref ac wedi mynd eto, tybiai Alun. Penderfynodd mai hwyr oedd hi a chan na allai wneud dim ynghylch y peth dechreuodd ddarllen ei adroddiad unwaith eto a gwneud mân newidiadau yma ac acw ar gyfer y deipyddes. Am chwarter wedi pump union, clywodd gar yn nesáu ac edrychodd yn ei ddrych. Car coch Mair, heb amheuaeth.

Yn ei dull hamddenol braf, mynnodd Mair ei bod yn gwneud paned o de i'r ddau ohonynt cyn dechrau siarad am y gwaith teipio. Gallai weld bod Alun ar frys eisiau mynd ymlaen efo'r gwaith ond yng ngolwg Mair doedd rhyw dasg fel hon ddim mor bwysig na ellid gwneud paned o de a rhoi croeso cywir i ymwelydd. Roedd yn hollol fodlon mynd i'r ysgol, meddai, ond roedd yn rhaid iddi gael paned yn gyntaf. Gan fod Alun ar ei thrugaredd bu raid iddo fodloni ac eistedd i lawr i gael paned o de a sgwrsio am ei deulu ac am ei fywyd yn gyffredinol. Roedd hi bron yn chwarter i chwech, felly, cyn iddynt gychwyn o'r tŷ fferm am ysgol gynradd Pen-sarn.

Erbyn iddynt gyrraedd yr ysgol a setlo o flaen y

prosesydd geiriau roedd hi'n ddeng munud wedi chwech. Cawsai Alun gyfle i roi esboniad pam ei fod ar gymaint o frys eisiau dosbarthu taflen newyddion y diwrnod hwnnw ond gallai synhwyro nad oedd ei gyfeillion yn deall ei gymhellion mewn gwirionedd. Fodd bynnag, bu Mair wrthi'n ddiwyd am dri chwarter awr yn teipio a chwarter awr arall yn cysodi yn unol â dymuniadau Alun. Yn y cyfamser, aethai Jonathan i wneud diod boeth i bawb mewn fflasg, a dychwelodd gyda thùn bisgedi hefyd.

Am ugain munud wedi saith, roedd Jonathan wrthi'n cloi'r ysgol ac roedd Alun a Mair ar eu ffordd i gartref Alis, ffrind Mair, a oedd yn byw i gyfeiriad y Bala. Erbyn hyn, roedd hi'n niwlog ac wrth deithio dros yr ucheldir rhwng Trawsfynydd a'r Bala, bu raid i Alun arafu'r car. Rhwng popeth, roedd hi wedi wyth arnynt yn cyrraedd Y Ffrwd, cartref hyfryd Alis. Yn debyg i Mair, merch wledig, fochgoch oedd Alis. Rhoddodd groeso cynnes i'r ddau a chan wybod bod Alun ar frys eisiau cwblhau'r dasg, arweiniodd ef ar ei union i'r ystafell yng nghefn y tŷ a wasanaethai fel swyddfa iddi. Gan fod y peiriant yn weddol debyg i'r un yn swyddfa Alun, gadawodd Alis ef yno ar ei ben ei hun tra aeth hi i sgwrsio â'i hen ffrind.

Ni chymerodd y gwaith llungopïo lawer o amser. Pwysodd Alun y botymau priodol a gadael i'r peiriant wneud ei waith o gynhyrchu cant a hanner o gopïau o'r daflen ddwyochrog. Yna, dychwelodd i'r ystafell fyw lle roedd y ddwy ffrind yn sgwrsio ac yn yfed te. Am ychydig funudau wedi naw, daeth y sgwrs i ben a chychwynnodd Alun a Mair yn eu holau am Ben-sarn. Erbyn hyn, fodd bynnag, roedd y niwl yn fwy trwchus fyth a chymerodd y daith lawer yn hwy. O'r diwedd, cyraeddasant yr ysgol unwaith eto a pharciodd Alun ei gar yn ymyl car Mair. Diolchodd iddi am ei holl waith a'i help a chyfeiriodd ei gar am adref.

Erbyn iddo barcio'i gar y tu allan i'w gartref, roedd

hi'n hanner awr wedi deg ac roedd yr amheuon yn cronni yn ei feddwl. Fe gymerai tan hanner nos, o leiaf, iddo ddosbarthu'r taflenni hyn i'r tai yn y pentref ei hun, heb sôn am y tai ar gwr y pentref. Ac roedd yn awyddus i fynd i'w waith yn brydlon y bore wedyn. Doedd dim byd amdani, felly, ond cychwyn arni ar unwaith.

Ar noson oer o aeaf, felly, ac wedi blino'n llwyr ar ôl yr holl waith trefnu, ysgrifennu, darbwyllo, ffonio a theithio yn y car, dechreuodd Alun gerdded o ddrws i ddrws drwy strydoedd gwag pentref Pen-sarn yn dosbarthu copïau o daflen newyddion gan wybod y byddai pawb wedi anghofio amdani ymhen deuddydd os nad cynt.

Pennod 13

BETH BYNNAG OEDD pwysigrwydd y newyddion a gynhwysid yn y daflen y bu Alun mor ddiwyd yn ei pharatoi a'i dosbarthu ddydd Sul, nid oedd yn ddim o'i gymharu â'r newydd syfrdanol a ysgubodd drwy bentref bach Pen-sarn y bore wedyn – sef bod corff Trefor Tŷ Pellaf wedi ei ddarganfod ger castell Harlech. Yn ôl pob golwg, roedd Trefor wedi mynd i mewn i'r castell yn ystod y nos ac wedi syrthio oddi ar y mur gorllewinol. Daethai dau gwnstabl o'r dref i dorri'r garw i'w fam druan gan na ellid cael gafael yn y Cwnstabl John Williams ar y pryd. Roedd yn ymddangos i'r heddlu fod Trefor wedi mynd yno ar ei ben ei hun, er na ellid bod yn gwbl sicr o hynny.

Cafodd y pentref ar ddeall, felly, fod Trefor un ai wedi syrthio neu wedi neidio. Gwyddai pawb ym Mhen-sarn am iselder ysbryd achlysurol Trefor ac roedd amryw ohonynt wedi ei glywed yn sôn am gastell Harlech fel y lle mwyaf godidog yn y byd. Roedd y castell wedi creu argraff ddofn arno pan aethpwyd ag ef yno'n blentyn. Ni welsai erioed adeilad mor fawr a chrand ac ni allai ddychmygu adeilad mwy. Roedd rhywbeth llesmeiriol yn perthyn iddo, yng ngolwg Trefor. Nid oedd wedi bod yno er pan yn blentyn ac roedd pawb yn y pentref yn ceisio dyfalu sut ar y ddaear y gallodd Trefor, nad oedd yn arfer gadael pentref Pen-sarn, ddod o hyd i Harlech heb sôn am gyrraedd yno ar ei ben ei hun. Ychydig o arian oedd ganddo ac ni wyddai sut i ysgrifennu siec.

Brawychwyd y trigolion gan y newydd. Roedd Trefor yn boblogaidd yn y pentref a phawb yn teimlo tuag ato gymysgedd o hoffter a thosturi. Oherwydd ei fod yn ddiffygiol o ran deallusrwydd ac o ran synnwyr cyffredin hefyd o bosib, roedd yn ennyn eu cydymdeimlad. Roedd ei anaeddfedrwydd meddyliol yn peri i bobl ymagweddu tuag ato megis tuag at blentyn hoffus.

Gwyddai amryw fod Trefor yn ymweld â Thy'n Rhos ar adegau a bod y lle wedi mynd yn fath o obsesiwn ganddo. Byddai'n cyfeirio ato'n fynych wrth gerdded i fyny ac i lawr y ffordd dan siarad ag ef ei hun. Am y rheswm hwn, roedd cylchlythyr Alun yn destun cryn drafodaeth y bore Llun hwnnw. Roedd y ffaith bod Alun wedi gweld Trefor ger Ty'n Rhos mor hwyr y nos yn cadarnhau, yng ngolwg llawer un, fod Trefor yn gwybod *rhywbeth* am y tân, er bod y ddau gwnstabl wedi dweud nad oedd ganddynt ddim rheswm pendant dros gysylltu Trefor â'r drosedd. Dadleuai rhai na allai rhywun fel Trefor fyth gyflawni gweithred ddinistriol o'r fath. Atebai eraill y gallai unrhyw ffŵl gynnau tân a llosgi tŷ. Ond ni allai neb egluro *pam* y byddai Trefor eisiau gwneud y fath beth. Ni chlywsai neb ef yn dweud gair cas am y perchenogion newydd a ph'run bynnag doedd hi ddim yn ei natur i gasáu unrhyw un. Ond roedd yn anodd osgoi'r casgliad bellach mai Trefor oedd yn gyfrifol am y tân a'i fod wedi cyflawni hunanladdiad ar ôl iddo sylweddoli goblygiadau'r hyn a wnaethai. Diau, meddid, fod rhywun wedi rhoi'r syniad yn ei ben.

Yr hyn na wyddai'r pentrefwyr oedd bod y ddau gwnstabl a aethai i weld mam Trefor wedi gofyn am ganiatâd i weld ei ystafell wely. Yn yr ystafell fechan, dywyll honno gyda'i ffenestr fechan a'r golau pŵl, buont yn chwilio ymhlith ei ychydig eiddo prin. O dan y gwely daethant o hyd i lyfr ysgrifennu a phensel. Ar glawr y llyfr roedd enw llawn ei berchennog mewn llythrennau heb eu cysylltu – ysgrifen blentynnaidd. Y tu mewn roedd rhagor o ymdrechion dewr y dyn anaeddfed ei feddwl i ysgrifennu a sillafu enwau cyfarwydd – enwau cymdogion a thai, gan mwyaf, ond enwau sêr y teledu hefyd. Fodd bynnag, roedd un enw yn ymddangos yn amlach o lawer na'r gweddill, a Thy'n Rhos oedd hwnnw. Cafwyd hyd hefyd i hen focs esgidiau yn y cwpwrdd dillad wrth droed y gwely a'i lond o ddarnau mân o bapur – degau ohonynt – wedi eu plygu'n ddau ac enw Ty'n Rhos ar bob un. Aethpwyd â'r rhain i'r orsaf yn y dref lle y gwnaed cofnod ohonynt cyn eu trosglwyddo i ofal y tîm a oedd yn ymchwilio i'r tân.

Gan fod Alun wedi cychwyn am ei swyddfa yn y dref yn weddol fore, ni chafodd wybod am farw Trefor hyd nes iddo gael galwad ffôn gan Jonathan am hanner awr wedi deg, amser egwyl yn yr ysgol. Pan glywodd y newyddion, dechreuodd Alun deimlo'n hynod euog nad oedd wedi treulio mwy o amser efo Trefor, ac am na fuasai'n fwy amyneddgar efo fo ac yntau'n isel ei ysbryd. Gwelai ei wyneb o'i flaen yn awr fel y'i gwelodd y tu allan i ffenest y gegin nos Wener pan roddasai gymaint o fraw iddo. A chofiai iddo deimlo y buasai'n dda ganddo petai Trefor yn mynd i ffwrdd ac yn dod yn ôl rywbryd eto. Roedd yn anodd derbyn rywsut na welai fyth mohono eto a bod pob cyfle i'w helpu wedi ei golli am byth.

Sylweddolodd Alun hefyd ei fod, o bosib, wedi colli cyfle i gael mwy o wybodaeth am y tân. Ni chredai Alun am eiliad fod Trefor yn gyfrifol am losgi Ty'n Rhos ond teimlai'n eithaf sicr ei fod yn gwybod rhywbeth amdano. Dyfalodd ei fod, o bosib, wedi gweld y llosgwyr wrthi a'i fod o, am ryw reswm, yn ofni y câi ef ei hun y bai. Ynteu a oedd y llosgwyr wedi ei weld ac wedi'i fygwth?

Roedd Alun yn dal i feddwl am Trefor – hel atgofion amdano a cheisio dygymod â'i euogrwydd – pan sylwodd ei bod hi bron yn bum munud i un ar ddeg. Estynnodd ei lyfryn nodiadau o boced fewnol ei siaced a darllen yn frysiog trwy ei nodiadau unwaith eto. Yna, gwyrodd yn ôl yn ei gadair a phlygu ei freichaiu. Roedd bysedd y cloc ar y wal gyferbyn newydd basio un ar ddeg o'r gloch pan ganodd y ffôn. Cododd Alun y derbynnydd yn hamddenol.

'Alun Ifans,' meddai.

'Mr Ifans, dwi'n clywed eich bod chi wrthi'n holi eto a'ch bod chi wedi ailfeddwl ynglŷn â llunio'ch stori.'

'Do,' meddai Alun yn berffaith hunanfeddiannol, 'achos wneith hi ddim gwahaniaeth i chi bellach.'

'A beth yn hollol rydych chi'n ei olygu wrth hynny?'

'Wel, mi fydd cyhoeddusrwydd yn beth da i'r achos a fydd neb yn amau bod rhywun fel fi, sy'n ysgrifennu am y llosgwyr yn y papur newydd, yn un o'r llosgwyr ei hun.'

'Ond dydych chi ddim yn un o'r llosgwyr?'

'Dim eto. Ond dwi wedi bod mewn cysylltiad â'r Cadfridog . . . trwy rywun arall, wrth gwrs. Dydw i ddim wedi cwrdd . . .'

'Dweud celwydd ydych chi . . . !'

'Gofynnwch iddo fo 'nte!' meddai Alun yn heriol. 'Dwi'n gwybod tipyn mwy nag ydych chi'n 'feddwl, mae hynna'n amlwg. Dwi'n gwybod am Ty'n Drain, Llandyfrog a Thy'ncelyn, Glan Ebwy hefyd. Eich gwaith chi a'ch partner mae'n ymddangos. Ac mi wn i am y llanast wnaethoch chi yn Nhy'n Rhos hefyd. Fydd hynny ddim yn beth hawdd i esbonio i'r Cadfridog a'r gweddill, na fydd?'

'Dyw hynna ddim yn fusnes i chi!'

Gwyddai Alun fod y Llais wedi'i gythruddo gan hyn i gyd a gwelodd ei gyfle.

'Wel, dydw i ddim isio ffraeo efo chi. Mi fyddai'n well gen i i ni fod ar delerau da, yn enwedig os ydyn ni'n mynd i weithio efo'n gilydd. Fyddai'n bosib i ni gwrdd rywbryd?'

'Na! . . . oni bai bod y Cadfridog yn gorchymyn wrth gwrs.'

'Wel, pan rowch chi'ch adroddiad nesa iddo fo, dywedwch wrtho fo 'mod i'n awyddus i gwrdd â chi cyn gynted â phosib. Dydw i ddim yn hoffi pobl sy'n bygwth.'

Roedd Alun ar fin rhoi'r ffôn i lawr.

'Arhoswch funud . . . Er mwyn y mudiad y bues i'n ffonio . . . gwneud fy nyletswydd . . . Pa lanast rydych chi'n sôn amdano fo yn Nhy'n Rhos?'

Ond rhoddodd Alun y ffôn i lawr. Roedd y Llais wedi gwneud camgymeriad arall.

Ar unwaith, cododd Alun y ffôn eto a deialu rhif gorsaf heddlu leol Pen-sarn. Roedd yn hen bryd iddo fynd i weld y Cwnstabl John Williams ynglŷn â'r galwadau ffôn.

'*Pen-sarn Police Station.* John Williams,' meddai'r llais cyfarwydd.

'Bore da, Mr Williams,' meddai Alun yn llawen. 'Alun Ifans sy'n siarad.'

'Bore da, Alun. Sut wyt ti?'

'Iawn diolch, Mr Williams. A chithau?'

'Reit dda, diolch yn fawr. Ond mae'n debyg dy fod ti wedi clywed am Trefor druan?'

'Do, mi ges i alwad gan Jonathan ryw hanner awr yn ôl. Busnes dychrynllyd, Mr Williams.'

'Yndi, mae o. Ac maen nhw'n dweud ei fod o'n gwybod rhywbeth am fusnes y tân hwnnw yn Nhy'n Rhos.'

'Am hynna roeddwn i isio siarad efo chi, mewn gwirionedd, Mr Williams. Fyddai hi'n bosib imi alw draw heno rywbryd? Mae gen i newydd dwi'n meddwl y dylech chi gael ei glywed.'

'Elli di ddim dweud wrtha i dros y ffôn, Alun?'

'Mi fyddai'n well gen i beidio, os nad ydych chi'n meindio.'

'Wel, o'r gorau 'te. Tyrd draw heno tua wyth o'r gloch. Ydi hynna'n dy siwtio di?' gofynnodd y plismon rhadlon.

'I'r dim,' meddai Alun. 'Gawsoch chi benwythnos da, gyda llaw?'

'Do, diolch yn fawr. Neis cael newid bach weithiau.'

'Yndi. Fuoch chi'n rhywle pell?'

'Na. Jest digon pell i deimlo 'mod i wedi cael bod i

ffwrdd. Wel, hwyl i ti tan heno.'

'Hwyl, Mr Williams.' A rhoddodd y ffôn i lawr.

Ddeng munud yn ddiweddarach canodd y ffôn eto a chlywodd Alun lais cyfarwydd Glyn.

'Fuost ti'n cadw llygad i mi?' gofynnodd Alun.

'Do. Teimlo fel sbei neu blincin ditectif! Be 'di'r gyfrinach fawr, 'te?'

'Be welaist ti'n gyntaf?'

'Mi ddigwyddodd popeth yn union fel y dywedaist ti,' atebodd Glyn.

'Mi roedd o yno, felly?'

'Oedd.'

'Ac mae o wedi mynd erbyn hyn?'

'Ydi. Mi wnes i'n union be ofynnaist ti i mi, paid â phoeni.'

'Diolch. Mi wela i di heno, 'te.'

'Hei, y diawl! Beth am yr esboniad?'

'Heno, *OK*? Neu fory,' dan chwerthin. A chyn i Glyn gael cyfle arall i ofyn neu brotestio rhoddodd Alun y ffôn i lawr. Ac er gwaethaf y newydd drwg am Trefor, roedd hanner gwên o foddhad ar wyneb Alun bellach.

* * *

Am bump o'r gloch y prynhawn Llun hwnnw, yn syth ar ôl gorffen ei waith am y diwrnod, cychwynnodd Alun unwaith eto am bencadlys yr heddlu ym Mae Colwyn. Y tro hwn nid arhosodd ond pum munud cyn troi am adref unwaith eto.

* * *

Am bum munud i wyth y noson honno, gwisgodd Alun ei gôt yn hamddenol. Dododd ei lyfryn nodiadau'n ofalus yn ei boced a gofalodd fod ganddo feiro. Edrychodd o gwmpas yr ystafell fyw fel petai'n ffarwelio â hi ac na fyddai byth yn ei gweld eto. Roedd fel petai'n sugno nerth o'r olygfa gyfarwydd. Yna, cymerodd anadl ddofn a gadael y tŷ gan deimlo, rywsut, y byddai'r tŷ – neu y byddai ef ei hun – yn wahanol pan ddeuai'n ôl.

Ymhen ychydig funudau roedd Alun yn sefyll y tu allan i gartref y Cwnstabl John Williams. Curodd ar ei ddrws a chyn bo hir gallai glywed sŵn traed y Cwnstabl yn dod tuag ato. Agorodd y drws ac yno safai'r gŵr croesawgar a'i wên arferol ar ei wyneb.

'Tyrd i mewn, Alun. Cau'r drws ar dy ôl, 'machgen i a tyrd i eistedd at y tân. Mae hi'n ddigon oer heno 'ma on'd ydi?'

'Ydi wir, Mr Williams,' meddai Alun gan rwbio ei ddwylo i'w cynhesu o flaen y tân cyn tynnu ei gôt ac eistedd gyferbyn â'r Cwnstabl.

'Mi wna i baned i ni mewn munud. Dwi wedi llenwi'r tecell yn barod. Cynhesa di dy hun yn fan'na yn gyntaf.'

'Diolch, Mr Williams.

Ni ddywedwyd gair am rai eiliadau ac roedd y naill fel petai'n disgwyl i'r llall ddechrau. Yna, dechreuodd y ddau ohonynt siarad yr un pryd. Stopiodd y ddau ar unwaith a chwerthin yn nerfus.

'Dos di'n gyntaf, Alun. Dwi'n gwybod bod gen ti rywbeth go bwysig ar dy feddwl. Mater Trefor sy'n dy boeni di mae'n siŵr? Roeddet ti'n rhyw awgrymu ar y ffôn dy fod ti'n gwybod rhywbeth am y cysylltiad rhyngddo fo a'r tân yn Nhy'n Rhos.'

'Dwi ddim yn cofio dweud hynna, Mr Williams,' meddai Alun yn syn braidd.

'Wel,' meddai'r Cwnstabl 'dyna ddeallais i ar y pryd. Siarad am Trefor roedden ni, dwi'n credu, a phan soniais i am Trefor a'r cysylltiad tybiedig rhyngddo fo a'r tân, mi ddywedaist mai am hynna roeddet ti isio siarad.'

'Nid yn hollol,' atebodd Alun 'ond dwi'n siŵr y daw Trefor i'n sgwrs ni hefyd. Na, roeddwn i isio . . .'

'Ond mi rwyt ti yn sylweddoli bod 'na lawer o bobl yn

cysylltu Trefor â'r tân on'd wyt?'

'Ydw, Mr Williams, wrth gwrs . . .'

'Mae nifer o bobl wedi ei weld o'n loetran o gwmpas Ty'n Rhos yn ystod y dydd ac yn ystod y nos hefyd,' aeth Mr Williams yn ei flaen. 'Ac mi ddywedodd ei fam ei hun ei fod o'n *cysgu* yn ymyl y tŷ weithiau! Hyd yn oed *cyn* y tân! Ac mae'n debyg dy fod ti – a thithau'n dipyn o ffrind iddo fo – wedi ei glywed o'n siarad am Dy'n Rhos droeon?'

'Do . . .'

'Ac mae pobl yn dweud wrtha i ei fod o'n cerdded i fyny ac i lawr y pentre yma'n mwmian enw'r tŷ iddo fo'i hun. Mi rydw innau fy hun wedi ei glywed o droeon yn ailadrodd enw'r lle yn ddigon hyglyw mewn mannau cyhoeddus! Ac fel y gwyddost ti, roedd o wedi bod yn isel iawn ei ysbryd yn ddiweddar – a Dr Roberts wedi rhoi nifer o dabledi iddo fo ond wn i ddim a oedd o'n eu cymryd nhw. Wyddost ti?'

'Wel, dwi ddim yn credu ei fod . . .'

'Dyna ti, 'nte. A doedd y creadur erioed yn ei iawn feddwl, fel rwyt ti'n gwybod. Biti gen i drosto fo – meddwl plentyn er ei fod o'n ddyn o ran ei gorff. Mi fyddai'n ddigon hawdd iddo fo gymryd yn ei ben i losgi Ty'n Rhos – neu, yn fwy tebygol, i rywun roi'r syniad yn ei ben gwan o . . .'

'Ond pwy fyddai isio gwneud hynna?' torrodd Alun ar ei draws yn ddiamynedd.

'Wn i ddim, Alun. Pwy a ŵyr yntê? Mae 'na bob math o ddihirod yn y byd yma. Rhywun oedd yn dal dig yn erbyn Mr Smith a'i wraig efallai. Pwy a ŵyr? Ac mae'n bosib bod Trefor ei hun yn gyfrifol am y peth; doedd o ddim yn arbennig o hoff o Saeson gan nad oedd o'n medru siarad eu hiaith nhw a ddim yn eu deall nhw . . .'

'Ond doedd gan Trefor ddim byd yn erbyn Saeson, Mr Williams.'

'Nag oedd, efallai. Er, dwi ddim yn credu y gall unrhyw un ohonon ni fod yn *hollol* siŵr beth oedd yn mynd ymlaen ym meddwl Trefor druan, na beth oedd o'n ei deimlo tuag at bobl eraill. Roedd o'n medru bod yn gyfnewidiol iawn. Ac fel y dywedais i, mi allai fod rhyw ddihiryn wedi rhoi syniad gwenwynig, camarweiniol yn ei feddwl o; dweud bod Mr Smith wedi gwneud rhyw ddrwg i rywun neu ryw rwtsh o'r fath. Wyddon ni ddim, Alun. Meddwl plentyn oedd ganddo fo.'

Er bod Alun yn teimlo ei fod yn adnabod Trefor yn dda ac er ei fod yn amau'n gryf a fyddai'n cyflawni gweithred o'r fath, eto roedd huodledd a sicrwydd y Cwnstabl yn peri iddo weld y gallai fod sylwedd yn ei ddehongliad o gymeriad a sefyllfa Trefor. Tra oedd yn meddwl am hyn, safodd y Cwnstabl ar ei draed ac ychwanegu'n dawelach

'Ac mae 'na ffactorau eraill i'w hystyried, Alun. Yn un peth, does neb wedi arddel y weithred yma yn Nhy'n Rhos. Fel arfer, mae'r llosgwyr yn ffonio'r wasg neu'r heddlu ac yn dweud mai nhw oedd yn gyfrifol.'

'Nid bob amser,' atebodd Alun.

'Nage, nid bob amser, dwi'n sylweddoli. Ond mi fyddai ffactor felly yn siŵr o ddwyn pwysau ym meddyliau'r tîm sy'n ymchwilio i'r achos a hefyd ym meddyliau unrhyw reithgor mi faswn i'n meddwl. Gwranda, mi a' i i wneud paned i ni tra wyt ti'n hel dy feddyliau. Dwi'n sylweddoli mai isio siarad am rywbeth arall oeddet ti. Mi ddo i'n ôl mewn munud.'

Cychwynnodd y Cwnstabl am y gegin ond oedodd a throi yn ei ôl.

'Ac mae 'na rywbeth arall, er na ddylwn i ddim crybwyll y peth wrthyt ti mae'n debyg. Paid ti ag ailadrodd hyn,' meddai gan edrych i fyw llygaid Alun.

'Wna i ddim, dwi'n addo, Mr Williams,' meddai Alun a oedd yn dechrau sylweddoli bod profiad a chraffter y gŵr hoffus hwn yn arfau defnyddiol iawn.

'Paid ti â dweud hyn wrth neb a phaid â'i roi o yn *Y*

Cymydog nes bydd y wybodaeth allan yn swyddogol.' Closiodd at Alun gan hoelio'i lygaid ar ei lygaid ef. Yna gydag awgrym o ddirgelwch yn gymysg â thôn awdurdodol y plismon ychwanegodd: 'Mae 'na dystiolaeth ysgrifenedig sy'n cysylltu Trefor efo'r tân yn Nhy'n Rhos. Alla i ddim dweud beth ydi o ac alla i ddim dweud i ba raddau y bydd o'n cyfrannu at yr ymchwiliad swyddogol. Ond mi ddyweda i hyn, Alun – dwi ddim yn credu y bydd y tîm ymchwil yn edrych ddim pellach na Trefor Tŷ Pellaf.'

Gyda hynny, trodd y Cwnstabl a chychwyn am y gegin unwaith eto. Bu Alun yn pendroni tra oedd yn disgwyl i'r Cwnstabl ddychwelyd. Yna, estynnodd ei lyfr nodiadau a darllen drwyddo unwaith eto. Aeth drwy ei ymresymiad ei hun o'r newydd a dod i'r un casgliad ag o'r blaen. Yn ystod y munudau prin hynny tra oedd ar ei ben ei hun yn yr ystafell fyw, cliriodd ei feddwl ac argyhoeddodd ei hun fod yn rhaid iddo bellach lynu at ei arfaeth. Er bod Mr Williams yn heddwas profiadol ac er bod gan Alun barch o'r mwyaf iddo fel dyn ac fel cymydog er pan oedd yn blentyn, gwyddai fod yn rhaid iddo yn awr fentro i gynnig esboniad arall i ddirgelwch y tân yn Nhy'n Rhos. Roedd yn rhaid dweud wrtho am y Llais, hyd yn oed os canlyniad hynny fyddai dyfnhau, rywsut neu'i gilydd, argyhoeddiad John Williams fod Trefor yn euog o ryw ran yn y busnes.

'Dyma baned i ti, Alun. A gwranda. Gad y busnes yma yn nwylo'r tîm ym Mae Colwyn. Maen nhw'n gwybod eu gwaith. Mi alla i ddeall sut rwyt ti'n teimlo ond dwi'n credu bod gen ti ddigon ar gyfer dy stori erbyn hyn.'

'O'r gorau, Mr Williams. Ac mi rydych chi'n iawn wrth gwrs. *Mae* gen i ddigon ar gyfer yr erthygl yn *Y Cymydog*. Ond mae 'na rywbeth arall yn 'y mhoeni i.' Petrusodd cyn mynd yn ei flaen. 'Dwi wedi bod yn derbyn galwadau ffôn.'

'Galwadau ffôn? Pa fath o alwadau?'

'Galwadau bygythiol.'

'Galwadau bygythiol?' ailadroddodd y Cwnstabl gyda braw yn ei lais. 'Be wyt ti'n 'feddwl?'

'Chwech ohonyn nhw i gyd. Un y bore 'ma.'

'A beth maen nhw isio gen ti yn hollol?' gofynnodd y Cwnstabl.

'Un llais sy'n siarad. Yr un llais bob tro. Llais dyn. Isio i mi roi'r gorau i ysgrifennu'r stori am y tân yn Nhy'n Rhos oedd o i ddechrau, roeddwn i'n meddwl. Isio i mi roi'r gorau i ymchwilio i'r achos yn gyfan gwbl, mae'n ymddangos.'

'Wyt ti'n 'nabod y llais yma? Ydi o'n debyg i lais rhywun rwyt ti'n 'nabod?'

'Na. Dwi'n cael yr argraff ei fod o'n siarad trwy ei hances neu trwy ei law neu rywbeth o'r fath.'

'Does gen ti ddim amcan pwy ydi o felly?' gofynnodd y Cwnstabl.

'Oes mae gen i amcan. Nid oherwydd ei lais ychwaith. Ond mae gen i amcan,' meddai Alun gan edrych i lygaid holgar y Cwnstabl. 'Y drwg ydi na alla i ddim profi dim byd . . . dwi ddim yn credu.'

'Pam na faset ti wedi crybwyll hyn wrtha i o'r blaen, Alun?'

'Dwi wedi trio. Mi fues i yma nos Wener ond mi roeddech chi wedi mynd i ffwrdd am y penwythnos. Dwi wedi *bwriadu* dod droeon, a dweud y gwir, ond bod rhywun neu rywbeth wedi fy rhwystro i bob tro.'

'Wyt ti wedi crybwyll y galwadau hyn wrth rywun arall? Rhywun ar y tîm ymchwil?'

'Naddo. Doeddwn i ddim yn credu ar y pryd y bydden nhw'n taflu llawer o oleuni ar yr ymchwiliad. P'run bynnag, roeddwn i'n awyddus i ddod atoch chi'n gyntaf fel cymydog a ffrind i'r teulu ers blynyddoedd.'

'Wel, diolch. Ond dwi ddim yn siŵr beth yn hollol y galla i ei wneud. Mae'n anodd drybeilig dal pobl sy'n gwneud galwadau ffôn bygythiol, fel y gelli di ddychmygu. Mi wna i nodyn os lici di ac mi alla i wneud adroddiad swyddogol a chysylltu â British Telecom, ond ar wahân i hynny dwi'n ofni y bydd raid i ti newid dy rif ffôn.'

'Dwi wedi cael galwad yn y swyddfa deirgwaith. Dwi ddim yn credu y byddai'r bòs yn fodlon newid rhif y cwmni er fy mwyn i rywsut! Ond p'run bynnag, dydw i ddim yn disgwyl cael rhagor o alwadau,' meddai Alun gan eistedd i fyny'n hyderus yn ei gadair.

'Pam?'

'Wel,' meddai Alun gan agor ei lyfr nodiadau unwaith eto a'i roi ar ei lin, 'dwi wedi bod yn cadw nodiadau fel y gwelwch chi. Ac fel y dywedais i mae gen i ryw fath o amcan pwy sy'n gyfrifol am fy ffonio i. Fasech chi'n fodlon gwrando ar yr hyn sy gen i i'w ddweud a rhoi'ch barn ar y diwedd, Mr Williams?'

'Wrth gwrs, Alun. Unrhyw beth i helpu.'

'Wel,' cychwynnodd Alun gan gymryd anadl ddofn, 'pan ges i'r alwad gyntaf mi gymerais i'n ganiataol mai un o'r llosgwyr oedd yn siarad . . .'

'Dwyt ti ddim yn credu hynny bellach, felly?' torrodd y Cwnstabl ar ei draws.

'Na. Dwi'n hollol siŵr *nad* un o'r llosgwyr oedd o.

'Ga i ofyn pam?'

'Mi ddo i at hynny yn y man, Mr Williams. Pan ddes i dros y sioc o gael fy mygwth y tro cynta, mi darodd fi ei fod o'n beth rhyfedd bod y llosgwyr isio i mi beidio â sgwennu stori yn *Y Cymydog*. Wedi'r cyfan, mae'r llosgwyr yn ffynnu ar gyhoeddusrwydd, fel y dywedodd un o'r gwyddonwyr fforensig wrtha i. Na, mi fyddai unrhyw losgwr go iawn *isio* i mi sgwennu stori.'

Ni thorrodd y Cwnstabl ar ei draws y tro hwn ond yn hytrach gadawodd i Alun fynd yn ei flaen.

'Mi fu'r mater yma'n fy mhoeni i lot. Mi fues i'n gorwedd ar ddi-hun nos ar ôl nos yn ceisio dyfalu pam y byddai rhywun isio fy mygwth i. Yr unig gasgliad rhesymol y gallwn i ei weld oedd bod y Llais – pwy bynnag oedd o – yn ofni y byddwn i'n darganfod rhywbeth pe bawn i'n holi'r heddlu.'

'Darganfod beth, yn hollol?' gofynnodd y Cwnstabl.

'Doedd gen i ddim syniad i ddechrau, er bod gen i syniad erbyn hyn. Ond gadewch i mi gael gorffen fy stori. Roedd sawl peth yn fy nharo i'n od. Yn un peth, hyd y gwn i o leia, fi ydi'r unig aelod o'r bwrdd golygyddol i dderbyn galwadau ffôn. Ac unwaith eto, hyd y gwn i, does neb ar staff yr *Herald* yn y dre wedi cael ei fygwth – neu maen nhw wedi anwybyddu'r bygythiad gan fod 'na stori yn yr *Herald* eto yr wythnos yma. Na, mae'r bygwth yn bersonol i mi am ryw reswm. Ond allwn i ddim deall pam y byddai'r llosgwyr yn f'ofni i. Pa dystiolaeth y gallwn *i* ei rhoi i'r tîm ymchwil?'

'Mae'n rhaid i mi gyfaddef na alla innau ddim gweld bod ganddyn nhw ryw lawer i'w ofni gennyt ti, a nhwythau wedi llosgi cynifer o dai eraill heb gael eu dal gan blismyn gorau'r wlad!'

'Wel ie, yn hollol, Mr Williams. Dyw'r peth ddim yn gwneud synnwyr o gwbl ar yr olwg gynta. Ond wedi meddwl a meddwl, ac wedi methu'n llwyr â deall ym mha ffordd y gallwn i fod yn fygythiad i fudiad y llosgwyr, mi ddes i i'r casgliad fy mod i'n gwybod rhywbeth a fyddai'n medru bod o help i'r heddlu yn yr achos arbennig yma – Ty'n Rhos. Y broblem oedd nad oedd gen i ddim amcan beth oedd y wybodaeth honno. Y cyfan a wyddwn i ar y pryd oedd bod rhywun yn fy mygwth i – un o'r llosgwyr o bosib – a'i fod o'n awyddus iawn i 'nghael i beidio â chysylltu â'r tîm ymchwil. Ymhen amser mi sylweddolais i fod gan y Llais fwy o'm hofn i nag oedd gen i o'i ofn o.

'Roedd rhywbeth arall yn fy nharo i'n od hefyd. Nos Lun diwetha mi ffoniais i aelodau'r bwrdd golygyddol i ddweud 'mod i am ysgrifennu'r erthygl ar yr ymgyrch llosgi tai haf a'r bore wedyn mi ges i'r alwad gynta gan y

Llais yma. Y diwrnod hwnnw, oherwydd y bygythiad, mi ddywedais i wrth aelodau'r bwrdd golygyddol na fyddwn i ddim yn llunio'r erthygl wedi'r cyfan a'r bore wedyn mi ges i alwad gan y Llais yn dweud ei fod o'n falch o glywed 'mod i wedi newid fy meddwl. Roedd hyn i gyd yn tueddu i awgrymu mai rhywun lleol oedd y Llais neu, o leia, fod ganddo gysylltiad â rhywun ar y bwrdd golygyddol neu yn y pentre. Mae'n bosib 'mod i'n cyfeiliorni, wrth gwrs, ond mi ddes i i'r casgliad bod rhywun yn y pentre yn fy ngwylio i.

'Y bore wedyn, es i ddim i'r swyddfa ac mi ges i alwad yn y tŷ – ychydig yn hwyrach y bore na'r ddwy alwad flaenorol, ond mi ddo i at yr amseru yn nes ymlaen. Erbyn hyn, roeddwn i wedi cwrdd ag un o'r gwŷr fforensig ym Mae Colwyn a rywsut roedd y Llais wedi cael gwybod am hyn. Doeddwn i ddim wedi dweud wrth unrhyw un ond Glyn a chithau 'mod i'n mynd i weld y Martin Davies yma. Ac wrth gwrs doedd gen i ddim rheswm dros eich amau chi'ch dau.'

'Wel nag oedd gobeithio!' meddai'r Cwnstabl.

'Mae'n bosib wrth gwrs fod Glyn neu chithau wedi dweud wrth rywun arall. Doedd Glyn ddim yn cofio dweud wrth unrhyw un ond doedd o ddim yn hollol siŵr pan ofynnais i iddo fo ddoe. Ond ta waeth, mi roedd hyn yn ffactor arall a oedd yn tueddu i awgrymu ar y pryd bod y Llais yn cael gwybodaeth yn lleol. Wn i ddim pam yn hollol, ond mi benderfynais i fod yn rhaid i mi geisio cael gwybod dau beth – a oedd y Llais yn un o'r llosgwyr ac a oedd o'n rhywun lleol.

'Erbyn bore heddiw, pan ges i'r alwad ddiwetha, mi roeddwn i'n eithaf sicr nad oedd y Llais yn un o'r llosgwyr ond mi roeddwn i isio prawf pendant. Roeddwn i'n gwybod yn iawn y byddai o'n ffonio heddiw'r bore ac mi roedd gen i nodiadau yn barod ar ei gyfer o. Mi ddigwyddais i weld Martin Davies ym Mangor brynhawn dydd Sadwrn. Mi roedd ganddo fo dystiolaeth newydd yn achos Ty'n Rhos – rhywbeth a gododd o'r dadansoddiadau cemegol. Mi ofynnais i a allwn i fynd i weld y dystiolaeth o ran chwilfrydedd ac mi ddywedodd na fyddai ganddo wrthwynebiad dim ond i mi beidio â chyhoeddi unrhyw wybodaeth am y tro. Felly, mi roddodd o rif ffôn ei gartre yn Abergele i mi a gofyn imi ffonio i ddweud pryd hoffwn i fynd yno. Mi roedd ganddo fo rywfaint o waith gweinyddol i'w wneud mae'n debyg.'

Gwrandawai'r Cwnstabl yn hynod astud ar hyn i gyd fel pe bai wedi ei gyfareddu gan y gŵr ifanc o'i flaen.

'Felly mi es i i'r pencadlys ac mi ges i weld, ymhlith pethau eraill, restr o enwau a chyfeiriadau'r holl dai haf a losgwyd yn ystod yr ymgyrch yma. Pan ffoniodd y Llais heddiw mi soniais wrtho am ddau dŷ dychmygol hollol – Ty'n Drain, Llandyfrog, a Thy'ncelyn, Glan Ebwy – ac awgrymu ei fod o a'i bartner wedi gwneud stomp o'u llosgi. Y peth rhyfedd ydi na wnaeth o ddim gwadu cyhuddiad hollol ffug. Yn rhyfeddach fyth, pan soniais i am uchel swyddog yn y mudiad – y Cadfridog – roedd yn ymddwyn fel petai o'n gwybod am bwy roeddwn i'n siarad. Ond creadigaeth fy nychymyg i oedd y Cadfridog. Dwi'n eitha siŵr felly nad un o'r llosgwyr ydi'r Llais. Ŵyr o ddim llawer am y mudiad chwaith. Mae'n rhaid, felly, ei fod o'n amddiffyn rhywun arall sy'n gysylltiedig â'r mudiad, os nad ydw i'n cyfeiliorni.'

Trodd Alun i dudalen arall yn ei lyfr nodiadau; aros yn dawel wnaeth y Cwnstabl. Yna, ailafaelodd Alun yn ei esboniad.

'Pan ges i'r bumed alwad brynhawn dydd Sul mi ges i'r argraff – yn gam neu'n gymwys – fod y Llais yn cadarnhau nad oeddwn i wedi newid fy meddwl ynglŷn â chysylltu â'r heddlu. Ddywedodd o'r un gair am y ffaith 'mod i newydd dreulio deng munud yn eistedd yng nghar plismon o'r dref reit yng nghanol y pentre a'r ffaith 'mod i wedi treulio bron i hanner awr yn eich gorsaf chi yn y pentre 'ma. Ar y pryd roedd hynny'n achos siom i mi achos mi roeddwn i bron yn sicr fy meddwl mai rhywun lleol oedd y Llais. Ond mi roedd hi'n amlwg na wyddai o ddim byd am y cyffro yn y pentre y bore hwnnw. Roedd dros hanner y pentre yn y ffordd fawr ac mi roedd pawb yn siarad am ddiflaniad Trefor. Fyddai hi ddim yn bosib i unrhyw un yn y pentre *beidio* â gwybod am y diflaniad.

'Ac eto, pan ddywedais i wrth y Llais fod un o aelodau ei fudiad wedi diflannu roedd o'n honni ei fod o wedi clywed rhywbeth i'r perwyl. Os felly, Mr Williams, mae'n rhaid ei fod o'n cyfeirio at rywun arall – ac nid Trefor. Ond bwriwch am funud ei *fod* o'n gwybod am yr hyn ddigwyddodd yn y pentre y bore hwnnw a 'mod i wedi ei gamddeall o. Os felly, mi fyddai o'n meddwl 'mod i'n cyfeirio at Trefor mae'n siŵr. Ond dydw i ddim yn credu am eiliad fod Trefor yn perthyn i unrhyw fudiad o eithafwyr! Mi alla i ddeall pam eich bod chi'n amau bod 'na gysylltiad rhwng Trefor a'r tân, wrth gwrs. Mi rydw innau'n meddwl bod 'na gysylltiad posib rhwng Trefor a'r tân hefyd. Mae'n bosib bod Trefor yn gwybod rhywbeth am y tân ond dydw i ddim yn credu eich bod chi nac unrhyw un arall yn credu o ddifri fod Trefor yn perthyn i gorff hunanddisgybledig fel y llosgwyr. Mae'r peth yn rhy wirion i'w gymryd o ddifri.

'Na, os oedd y Llais yn cyfeirio at Trefor mi roedd o'n bradychu'r ffaith – yn fy ngolwg i – nad oedd o ei hun yn aelod o unrhyw fudiad o'r fath. Os oedd o'n cyfeirio at rywun arall, ac yntau ei hun ddim yn aelod o'r mudiad, yna mi roedd o'n cyfeirio at rywun roedd o'n 'nabod yn bersonol, sydd yn mynd â fi'n ôl at y ddamcaniaeth fod y Llais yn ceisio amddiffyn rhywun oedd yn gysylltiedig â'r tân. Ydych chi'n fy nilyn i, Mr Williams?'

'Dwi'n credu 'mod i. Ond mae 'na nifer o gwestiynau yr hoffwn i eu gofyn,' meddai'r Cwnstabl.

'Oes, mae'n siŵr. Ond tybed a allech chi eu cadw nhw nes y bydda i wedi gorffen? Fydda i ddim yn hir rŵan a dwi'n credu y bydda i'n ateb y rhan fwya o'ch cwestiyn-au chi wrth fynd ymlaen.'

Trodd Alun at dudalen arall yn ei lyfr nodiadau ac wedi edrych arni am rai eiliadau aeth yn ei flaen wrth ei bwysau.

'Ddydd Sul mi fues i'n brysur iawn yn cynhyrchu taf-len newyddion am y tân yn Nhy'n Rhos ac am ddiflaniad Trefor. Mi roddodd cyffro'r bore hwnnw esgus perffaith i mi lunio taflen o'r fath, yn enwedig gan fod rhai'n credu mai fi oedd yr olaf i weld Trefor. Fel y gwyddoch chi, mae'n siŵr, mi ddywedais i yn y daflen honno 'mod i wedi gwneud datganiad swyddogol i'r heddlu i'r perwyl 'mod i wedi gweld Trefor nos Wener diwethaf yn ymyl Ty'n Rhos a 'mod i wedi ei ddilyn o yn ôl i'r pentre. Mi ddywedais i hefyd y byddai erthygl lawnach yn y rhifyn nesaf o'r *Cymydog*.

'Mewn gwirionedd, roeddwn i'n dal i weithio ar y ddamcaniaeth mai rhywun lleol oedd y Llais. Trwy ddosbarthu'r daflen honno i bob tŷ yn y pentref mi allwn i sicrhau bod y Llais – os rhywun lleol oedd o – yn gwy-bod erbyn y bore wedyn fan hwyraf 'mod i wedi bod yn cysylltu â'r heddlu eto a 'mod i'n bwriadu llunio erthygl lawnach ar achos Ty'n Rhos. Mi wyddwn i'n iawn y byddai hynny'n gwneud i'r Llais fy ffonio i os oedd o'n dal yn awyddus i'm rhwystro i. A dyna'n union wnaeth o, wrth gwrs. Am un ar ddeg o'r gloch mi roeddwn i'n eis-tedd yn fy swyddfa yn disgwyl ei alwad o a'r llyfr yma ar agor o 'mlaen i.'

Trodd Alun y llyfr a dangos i'r Cwnstabl y dudalen efo enwau'r tai ffug a'r teitl 'Cadfridog'.

'Mae hi'n ymddangos, felly, Mr Williams – er na alla i ddim bod yn berffaith sicr wrth gwrs – fod y Llais wedi darllen 'y nhaflen newyddion i neu 'i fod o wedi clywed amdani gan rywun yn y pentre. Mae ganddo fo gysyllt-iadau lleol, mi ddywedwn i. A dwi'n credu ei bod hi'n deg casglu na wyddai o ddim byd am ddigwyddiadau bore Sul am ryw reswm. A dydi o ddim yn aelod o unrhyw fudiad chwaith, ond mae'n bosib ei fod o'n ceisio amddiffyn rhywun *sydd*.'

Oedodd Alun am ychydig ac achubodd Mr Williams y cyfle i ddweud:

'Mi rwyt ti'n graff iawn mi ddywedwn i, Alun. Dwi ddim yn siŵr 'mod i wedi deall popeth ddywedaist ti a dwi ddim yn siŵr y cait ti hi'n hawdd profi dy ddamcaniaeth . . .'

'Na, dydw innau ddim yn meddwl y byddai hi'n hawdd chwaith.'

'Ac wrth gwrs, dwyt ti ddim wedi dweud unrhyw beth eto sy'n cysylltu'r Llais yma yn bendant efo'r tân yn Nhy'n Rhos.'

'Digon gwir. Alla i ddim profi dim byd. Dim ond dyfalu. Ond mae gen i bethau eraill yr hoffwn i i chi eu clywed, Mr Williams.'

'O'r gorau.'

'Ynglŷn ag amser y galwadau hyn: mi ddaeth yr alwad gynta a'r ail am un ar ddeg y bore. Roeddwn i yn fy swyddfa ar y pryd. Roedd y drydedd alwad ychydig bach yn hwyrach. Doeddwn i ddim yn y swyddfa y bore hwnnw. Roeddwn i wedi bod allan am dro gan ei bod hi'n fore mor odidog a phan ddes i'n ôl i'r tŷ roedd y ffôn yn canu. Gyda llaw, pan es i i'r swyddfa y diwrnod wedyn mi ges i wybod bod rhywun wedi ffonio am un ar ddeg ond heb adael nac enw na neges. Nos Wener y daeth yr alwad nesa, ychydig wedi wyth o'r gloch. Mi ddaeth y bumed alwad am chwarter wedi un brynhawn dydd Sul. Mi roedd hi'n sgwrs reit hir ac mi fu raid i'r Llais roi rhagor o arian yn y ffôn . . .

'Roedd o'n ffonio o deleffon cyhoeddus felly?' ymyrrodd y Cwnstabl.

'Y tro hwnnw oedd. Ond mi roedd yr alwad ola – honno a ddaeth heddiw ar yr amser arferol, un ar ddeg – hefyd yn alwad hir. Wrth gwrs, mae'n bosib ei fod o wedi rhoi mwy o arian yn y ffôn ond mae gen i ddamcaniaeth arall.'

'Beth ydi honno, felly?'

'Wel,' cychwynnodd Alun eto, 'dwi wedi bod yn ceisio gweithio allan pam bod y galwadau hyn wedi dod am un ar ddeg. Hynny ydi, y galwadau a ddaeth yn ystod yr wythnos. Mae'n naturiol i rywun gasglu mai rhywun wrth ei waith oedd yn ffonio. Ac mi fyddai'n rhaid i'r person hwnnw – os ydw i'n iawn – fod mewn stafell neu swyddfa ar ei ben ei hun, rhywle lle na fyddai neb yn debygol o dorri ar ei draws. Mi fyddai hynny'n cyfrif am yr alwad gynta, yr ail a'r chweched. Mae'r drydedd yn broblem gan nad oeddwn i ddim yn digwydd bod yn y swyddfa y diwrnod hwnnw. Mi ddaeth y bedwaredd ar nos Wener a'r bumed ar brynhawn dydd Sul, fel y dywedais i.

'Pan es i efo'r plismon o'r dre fore Sul i wneud datganiad am Trefor yn eich gorsaf chi yma yn y pentre, Mr Williams, mi sylwais i fod y plismon yn arwyddo llyfr i ddweud faint o'r gloch y cyrhaeddodd o. Ac mi arwyddodd y llyfr eto yn union cyn i ni ymadael. Ar yr un dudalen roedd 'na gofnodion am weddill yr wythnos ddiwetha hefyd. Eich llofnod chi a Chwnstabl Roberts y Llan oedd y rhan fwya ohonyn nhw wrth gwrs. Ac ar y wal mi welais i'r rota waith sy'n dangos pwy sydd i fod yn yr orsaf a pha bryd. Oni bai eich bod chi'n cael galwad, mae'n ymddangos bod rhywun yno gydol y bore – chi rhwng naw ac un ar ddeg a Chwnstabl Roberts o un ar ddeg tan un . . .'

'Beth sydd a wnelo hyn â'r mater rydyn ni'n ei drafod, Alun? Beth rwyt ti'n ceisio'i awgrymu yn hollol?' gofynnodd y Cwnstabl yn bryderus braidd.

'Yn ôl y llyfr, Mr Williams, mi adawsoch chi'r swyddfa am un ar ddeg o'r gloch bob dydd yr wythnos ddiwetha . . .'

'Dyna ti, felly. Sut y gallwn *i* fod yn gyfrifol am y galwadau os dyna beth wyt ti'n ei awgrymu? A be sy'n gwneud i ti feddwl y byddwn *i*'n gwneud y fath beth? Ga i ofyn hynna i ti?' meddai'r Cwnstabl gan ddechrau colli ei dymer.

'Mr Williams, mae'n ddrwg iawn gen i orfod dweud y pethau hyn ond mae'n well gen i eu dweud nhw wrthych chi nag wrth unrhyw un arall,' atebodd Alun yn berffaith hunanfeddiannol.

'Wel, dos yn dy flaen 'te,' meddai'r Cwnstabl yn gwta.

'Yn ôl y llyfr, Mr Williams, mi gyrhaeddodd Cwnstabl Roberts ychydig funudau *cyn* un ar ddeg bob bore. Ond gyda phob parch i Gwnstabl Roberts, mae pawb yn gwybod na ydi o'n ddyn arbennig o brydlon . . .'

'Wyt ti'n awgrymu felly ei fod o wedi rhoi'r amser anghywir yn y llyfr?' gofynnodd y Cwnstabl yn ddig.

'Mr Williams, mae pawb yn y cylch yn gwybod nad ydi Cwnstabl Roberts ddim gyda'r mwyaf dibynadwy yn byd ac mae ganddo fo'r ffordd ryfeddaf o ddiflannu pan mae rhywun 'i isio fo.'

'Mae hynny'n wir, wrth gwrs, ond . . .'

'Y ffaith amdani, Mr Williams,' torrodd Alun ar ei draws 'ydi bod Glyn yn gwylio'r orsaf y bore 'ma am un ar ddeg. Wedi i mi gael yr alwad gan y Llais, mi ffoniais i'r orsaf ar fy union a *chi* atebodd y ffôn, nid Cwnstabl Roberts. Roedd hi tua ugain munud wedi ar Cwnstabl Roberts yn cyrraedd yr orsaf. Mi aeth Glyn i mewn ar ryw esgus a sefyll yn ymyl y llyfr. Dau funud i un ar ddeg oedd yr amser gyferbyn ag enw Cwnstabl Roberts.'

Arhosodd Alun er mwyn rhoi cyfle i'r Cwnstabl ymateb ond ni ddywedodd ddim. 'Ac un ar ddeg o'r gloch oedd yr amser gyferbyn â'ch llofnod chi,' ychwanegodd Alun.

'Mae'n bosib 'mod i wedi rhoi un ar ddeg o'r gloch i lawr, dwi'n ddigon bodlon cyfaddef,' ymbalfalodd y Cwnstabl. 'Dwi'n tueddu i lenwi'r llyfr yna pan mae hi'n tynnu am un ar ddeg ac yn amser gadael yr orsaf. Dydi'r hyn rwyt ti'n ei ddweud yn profi dim byd o gwbl!'

'Dwi'n sylweddoli hynny, Mr Williams. Dwi'n sylweddoli hynny'n iawn,' atebodd Alun yn ddigynnwrf. 'Ond mae 'na bethau eraill yr hoffwn i i chi eu clywed. Pan es i i gwrdd â chi y tu allan i Dy'n Rhos ddydd Mawrth diwethaf, mi ddywedsoch mai newydd gyrraedd oeddech chi. Ond mi welwyd eich car chi yno am chwarter i bump. Fel rydw i'n cofio, mi roedd hi'n oer iawn y diwrnod hwnnw ond yn lle eistedd yn eich car clyd, pan gyrhaeddais i mi roeddech chi'n cerdded o gwmpas Ty'n Rhos.

'Y bore hwnnw – bore dydd Mawrth, hynny ydi – y ces i'r alwad gynta ac mi benderfynais i ar unwaith y rhown i'r gorau i'r syniad o lunio erthygl ac mi ddywedais i hynny wrth weddill aelodau'r bwrdd golygyddol. Y bore wedyn, mi ges i'r ail alwad ac roedd y Llais yn amlwg wedi clywed 'mod i wedi newid fy meddwl ynglŷn â llunio erthygl. Y prynhawn hwnnw yr es i i weld Martin Davies ym Mae Colwyn a'r bore wedyn – bore dydd Iau – mi ges i'r drydedd alwad. Rywsut neu'i gilydd roedd y Llais yn gwybod 'mod i wedi bod yn y pencadlys. Pan es i yno fy hun ddydd Sul, ac arwyddo'r llyfr ymwelwyr, mi welais i eich bod chi wedi bod yno nos Fercher cyn mynd i'r cyfarfod cyhoeddus yn y Neuadd Goffa. Yn ôl y rota, wnaethoch chi ddim gorffen eich gwaith tan bump o'r gloch y diwrnod hwnnw ond erbyn pum munud ar hugain wedi saith mi roeddech chi'n eistedd gerbron cynulleidfa yn y Neuadd. Mae'n naturiol i mi ofyn i mi fy hun pam eich bod chi wedi teithio pob cam i Fae Colwyn – agos i awr o daith – ac yn ôl, pan allech chi ffonio'r pencadlys am unrhyw wybodaeth. Plismon ydych chi, wedi'r cyfan. Ac os oedd eich busnes yno'n fusnes swyddogol, pan na fuasech chi wedi mynd yn ystod oriau gwaith?

'Yn hwyr brynhawn dydd Iau, mi gwrddais i â'r ail wyddonydd fforensig, Julian Hawes, y tu allan i Dy'n Rhos. Erbyn dydd Gwener roedd y Llais wedi cael gwybod am hyn er na ddywedais i wrth neb. Mi ges i'r alwad nesa – y bedwaredd – tua wyth o'r gloch y noson honno. Roeddech chi wedi mynd i ffwrdd am y penwythnos erbyn hynny yn ôl Mrs Gwen Richards. Ond er i mi holi a holi yn y Railway y noson honno wyddai neb i ble roeddech chi wedi mynd – dim hyd yn oed eich ffrind William Rogers. Ac yn ôl y rota, mi roeddech chi i fod i weithio fore Sadwrn. Mae'n rhaid bod rhyw fusnes pwysig wedi mynd â chi o Ben-sarn.

'Pan ges i'r alwad nesa – y bumed – brynhawn dydd Sul, doedd y Llais yn amlwg ddim yn gwybod am y digwyddiadau yn y pentre y bore cythryblus hwnnw. Dim sôn am ddiflaniad Trefor; dim sôn am fy sgwrs i efo'r plismon o'r dref yn ei gar reit o flaen degau o drigolion y pentre; dim sôn am y ffaith 'mod i wedi cael fy holi am yn agos i hanner awr yn yr orsaf leol. Rhyw alwad i f'atgoffa i oedd hi gan rywun oedd yn amlwg wedi colli cysylltiad dros dro. Rhywun oedd wedi mynd i ffwrdd am benwythnos.

'Mi wnaeth y daflen newyddion yn berffaith sicr na allai unrhyw un yn y pentre fethu gwybod 'mod i'n bwriadu dal i ymchwilio i achos Ty'n Rhos a doedd hi ddim yn rhyfedd felly i mi gael galwad y bore 'ma. Ac ar ôl gorffen yn y swyddfa y prynhawn 'ma, mi es i i Fae Colwyn eto. Mi fues i yno'n ddigon hir i weld eich bod chi wedi galw yno neithiwr. Allan o'r ffordd braidd i rywun oedd yn teithio adref i Ben-sarn o Bontypridd. Roedd hi'n ormod o daith i chi efallai, achos doeddech chi ddim ar gael y bore 'ma i dorri'r garw ynglŷn â marwolaeth Trefor i'w fam.'

'Beth sydd a wnelo Pontypridd â hyn i gyd?' gofynnodd y Cwnstabl yn ffyrnig ar ôl gwrando ar ddehongliad Alun gyda braw cynyddol yn amlwg ar ei wyneb.

'Ym Mhontypridd mae Gerwyn yntê?' gofynnodd Alun yn gwbl ddigyffro.

'Ond be sydd a wnelo fy mab i â hyn i gyd?'

'Dydw i ddim yn credu eich bod chi'n aelod o fudiad eithafol, Mr Williams, ond fel yr awgrymais i o'r blaen dwi'n credu bod y Llais yn amddiffyn rhywun arall. Pan ddes i yma i'ch gweld chi wythnos i heno mi roeddech chi'n ddiamynedd iawn tuag at y llosgwyr, a dweud y lleia. Ond y bore wedyn mi ges i'r alwad gynta. Yn y cyfamser, roedd rhywbeth wedi digwydd. Roedd Gerwyn wedi gollwng y gath o'r cwd rywsut ac yn eich pryder mi wnaethoch beth byrbwyll – a rhywbeth hollol groes i'ch natur a'ch egwyddorion – i geisio arbed eich unig fab a'r unig berthynas agos sydd gennych chi.'

Roedd y Cwnstabl hoffus wedi gostwng ei ben erbyn hyn a gallai Alun weld ei fod yn euog. Teimlai dosturi tuag ato ac arhosodd yn fud i roi cyfle iddo ymateb. Ni chododd ei lygaid i edrych ar Alun fodd bynnag ond, mewn llais cryg a chan fygu dagrau, dechreuodd siarad yn araf:

'Does gen i neb arall ond Gerwyn . . . Y fo a'r hen bentre yma ydi 'mywyd i . . . a'r job . . . Wedi i mi golli Gwenda . . .'

Ond ni fedrai'r Cwnstabl fynd yn ei flaen.

'Mr Williams, mae pawb yn y pentre 'ma'n sylweddoli pa mor lwcus ydyn nhw ohonoch chi. Dwi'n siŵr y gwnewch chi waith gwych am flynyddoedd i ddod.'

Cododd y Cwnstabl ei ben ac edrych yn hanner gobeithiol ar Alun trwy ei ddagrau.

'Alla i ddim *profi* dim byd yn eich erbyn chi – nac yn erbyn Gerwyn, mae'n debyg, er y gallwn i wneud pethau'n anodd i chi'ch dau. Ond mi rydw i isio gair neu ddau efo fo ac os cytunwch chi i beidio â'i rybuddio fo 'mod i'n dod i'w weld o, ddyweda innau ddim byd wrth unrhyw un arall am y busnes yma . . .'

'Ond mae Glyn . . .'

'Dydi Glyn yn gwybod dim byd . . . Mi ofala i am Glyn. Anghofiwch am y busnes yma, Mr Williams, ac ewch i'ch gwaith fel arfer fory. Ydi Gerwyn ym Mhontypridd heno hyd y gwyddoch chi?'

'Ydi . . . ydi. Mi . . . Mi adewais i yno brynhawn ddoe ac mi ddywedodd nad oedd o'n mynd allan heno . . .'

Cododd Alun yn sydyn a chychwyn am y drws.

'Ond ei di ddim i'w weld o heno, debyg? Mae hi bron yn naw . . .'

'Cofiwch fod gennyn ni'n dau gytundeb, Mr Williams. Peidiwch â ffonio Gerwyn a ddyweda innau ddim byd wrth neb.'

'O'r gorau, Alun . . . Diolch . . . diolch i ti . . .'

Ond roedd Alun eisoes ar ei ffordd trwy'r drws ffrynt.

Pennod 14

AM Y DDWY awr a hanner nesaf bu Alun yn gyrru ar hyd ffyrdd llonydd, gwag canolbarth Cymru a dim ond un peth ar ei feddwl. Oherwydd nad oedd llawer o geir eraill ar y ffordd, ac eithrio pan âi trwy ambell dref a phentref, gallai yrru'n weddol gyflym. Roedd ar frys eisiau cyrraedd Pontypridd a gweld Gerwyn y noson honno, ac oherwydd hynny tueddai i yrru'n wyllt ar adegau. O Ddolgellau aeth trwy Fwlch Oerddrws ac ymlaen heibio Mallwyd am Glantwymyn. Yno, trodd am Gaersŵs a throi wedyn am Lanidloes. Erbyn iddo gyrraedd Rhaeadr Gwy roedd hi'n chwarter i un ar ddeg a sylweddolodd yn sydyn y byddai'n rhaid cael petrol cyn bo hir. Roedd yn melltithio bod yn rhaid iddo dorri ar ei siwrnai ac roedd y demtasiwn i fynd yn ei flaen yn gryf. Ond roedd y bys eisoes yn y rhan goch ac roedd ofn torri i lawr wrth groesi Bannau Brycheiniog yn ddigon i'w argyhoeddi mai stopio fyddai ddoethaf. Yn anffodus, collodd y garej yn Llanfair-ym-Muallt o ychydig funudau ac aeth yn ei flaen ar ruthr i Aberhonddu lle roedd garej ar agor drwy'r nos.

Llenwodd y tanc gan edrych ar ei oriawr ar yr un pryd. Carlamodd at y ciosg nos i dalu am y petrol a chyn pen dim roedd ar ei ffordd unwaith eto. Dechreuodd ddringo dros y Bannau a'r lleuad yn llawn o'i flaen. Yn ei feddwl gwelai wyneb cyfarwydd Gerwyn, ei hen ffrind ysgol, a gweddïai y byddai gartref. Am y tro cyntaf, dechreuodd hel amheuon ynglŷn â'i siwrnai. Doedd neb arall ar y ffordd dros y mynydd a châi'r teimlad ei fod yn hollol ar ei ben ei hun yn y byd. Yng ngolau'r lamp gwelai ambell ddafad yn awr ac yn y man, ond doedd dim sôn am fyd dynion ar wahân i'r peiriant a sisialai o'i flaen. Am ryw reswm, parodd gwacter yr olygfa iddo ddechrau anobeithio am gael gweld Gerwyn a setlo mater Ty'n Rhos efo fo. Ond wrth fynd i lawr am Ferthyr roedd goleuadau'r cymoedd yn gysur ar ôl düwch dienaid y mynydd a theimlai'n fwy positif wrth feddwl bod diwedd y daith yn nesáu.

Roedd hi newydd droi hanner nos pan gyrhaeddodd Alun y stryd ym Mhontypridd, nepell o'r coleg, lle roedd Gerwyn yn byw ar ei ben ei hun. Cymerodd rai munudau iddo ddod o hyd i'r tŷ cywir gan eu bod yn debyg iawn i'w gilydd yn y tywyllwch. Ond ymhen ychydig, gwelodd rif 26 a pharciodd ei gar y tu allan. Cerddodd yn frysiog i gyfeiriad y drws ffrynt. Roedd golau i'w weld y tu mewn a churodd Alun yn swnllyd ar y drws.

Drwy'r paneli gwydr gallai Alun weld amlinell gyfarwydd Gerwyn yn tyfu fel y cerddai tuag ato. Gwelodd Gerwyn yn codi ei law i agor y drws a gwelodd y braw yn ei wyneb wrth iddo geisio ynganu enw Alun. Rhuthrodd Alun yn wyllt trwy'r drws a gafael yn Gerwyn rownd ei wddf â'i ddwy law fel petai am ei dagu.

'Y bastad,' gwaeddodd Alun nerth ei ben, 'y blydi ffwcin bastad. Pam llosgaist ti Dy'n Rhos? Pam llosgaist ti Dy'n Rhos?'

Wrth geisio dianc, collodd Gerwyn ei gydbwysedd a syrthio i'r llawr. Gollyngodd Alun ef rhag iddo yntau syrthio hefyd a cheisiodd Gerwyn ddianc ar ei bedwar i'r ystafell fyw. Ond rhuthrodd Alun ar ei ôl gan ddal i regi'n uchel a phan oedd Gerwyn yn ceisio codi, hyrddiodd ef yn ei gefn. Ni chollodd Gerwyn ei gydbwysedd y tro hwn ond pan drodd i wynebu ei elyn cafodd ddyrnod ar ei drwyn. Roedd y gwaed yn llifo a chydiodd rhyw reddf anifeilaidd yn Alun. Dechreuodd dagu Gerwyn unwaith eto gan ei wthio yn ôl yn erbyn wal yr ystafell fyw. Rywsut, medrodd ymatal rhag gwasgu gwddf

Gerwyn yn rhy galed a dechreuodd daro cefn ei ben yn ffyrnig yn erbyn y wal.

Gallai Alun weld bod Gerwyn yn gwbl ddiymadferth bellach. Roedd ar ei drugaredd yn llwyr a thynnodd Alun ef nes iddo syrthio ar ei hyd ar y llawr. Rhoddodd Gerwyn ei ddwylo ar ei ben i'w amddiffyn ei hun a thynnodd ei benliniau ato ond daliai Alun i gicio'i goesau a'i ystlysau'n wyllt. Llifai casineb dirwystr ohono gyda phob cic ond buan y sylweddolodd ei fod yn cicio'n beiriannol, heb geisio gwneud rhagor o niwed i'w elyn. Arafodd y cicio'n raddol ac yna peidiodd yn gyfan gwbl.

Cerddodd Alun yn araf at fwrdd cyfagos a phwyso ei ddwy law arno a gwyro'i ben. Roedd ei dalcen yn llaith ar ôl yr holl ymladd ac roedd ei anadl yn brin. Safodd yn llonydd am rai munudau heb ddweud dim byd. Wrth i'w waed oeri a'i galon lonyddu eto, gallai glywed Gerwyn yn mentro symud yn araf o'i safle ar y llawr. Gwyddai hwnnw fod y storm drosodd ond ni feiddiai ddweud dim am y tro.

Er bod Alun yn sefyll yn llonydd roedd y meddyliau'n chwyrlïo yn ei ben. Yn sydyn, trodd unwaith eto at Gerwyn a brasgamu tuag ato. Cydiodd ynddo â'i ddwy law a sgrechian i'w wyneb:

'Pam Ty'n Rhos? Pam llosgi Ty'n Rhos?'

'Gorchymyn ydi gorchymyn, Alun,' atebodd Gerwyn yn riddfannus. 'Nid fi ddewisodd y targed,' meddai'n ymbilgar.

'Targed! Targed!' gwaeddodd Alun. 'Wyt ti'n galw'r lle yn darged?' meddai gan hyrddio Gerwyn yn erbyn y wal eto. 'Dyna lle ces i fy ngeni! Dyna lle ces i fy magu! Dyna lle mae f'atgofion i, y bastad. Rwyt ti wedi llosgi fy mhlentyndod i. Llosgi pob ffwc o bob dim dwi'n ei gofio am y blynyddoedd yna!'

Yn sydyn, trodd Alun ymaith a cherdded yn ôl at y bwrdd a phwyso arno eto a'i gefn at Gerwyn. Gallai Gerwyn ei glywed yn wylo a newidiodd awyrgylch yr ystafell. Pan ddechreuodd Alun siarad eto, gwnaeth hynny'n dawel a bloesg.

'Roedd Mam wrth ei bodd yn y tŷ yna. Yn berffaith hapus. Dwi'n cofio chwarae efo hi pan oeddwn i'n blentyn – yn yr ardd, yn y gegin, yn fy llofft i. Fy llofft i! Fy llofft i! Anrhegion Nadolig, posteri ar y wal, adolygu ar gyfer arholiadau, caru efo merch am y tro cynta – rydych chi wedi llosgi'r cyfan, ti a dy blydi partner. Llosgi'r cyfan,' ailadroddodd Alun a thorri i wylo'n hidl a'i ben rhwng ei ddwylo ar y bwrdd.

Arhosodd Gerwyn yn hollol dawel a llonydd gan ofni storm arall. Yna, trodd Alun tuag ato ac edrych i fyw ei lygaid a dweud yn yr un ffordd dawel ag o'r blaen: 'Rwyt tithau hefyd yn gwybod be ydi colli mam. Wnaeth o ddim croesi dy feddwl di be roeddet ti'n ei wneud i mi?'

'Do, wrth gwrs,' mentrodd Gerwyn yn ofalus. 'Paid â meddwl am funud na wnes i ddim. Paid â meddwl am funud ei fod o'n hawdd. Ond yn y diwedd, roedd yn rhaid i mi ddilyn gorchymyn gan 'mod i wedi ymuno . . .'

Fel petai'r gair 'gorchymyn' wedi ei gythruddo, rhuthrodd Alun am Gerwyn unwaith eto. 'Doedd 'Nhad ddim *isio* gwerthu'r lle, cofia. Ond be allai o 'i wneud? Dwed di hynna wrtha i?'

Ni ddaeth ateb o enau Gerwyn a llaciodd Alun ei afael ynddo. Yna, gollyngodd ef a dweud: 'Dwi'n mynd adre. Dwi'n gobeithio y gelli di gysgu'n dawel efo ti dy hun.' A chychwynnodd am y drws.

'Alun,' galwodd Gerwyn ar ei ôl cyn iddo fynd o'r ystafell. 'Ga i ofyn sut cest ti wybod.'

Edrychodd Alun arno'n syn am rai eiliadau. 'Wyt ti'n cofio'r sgarff yna y daethost ti â hi'n ôl o Sri Lanka?'

'Ydw,' atebodd Gerwyn mewn penbleth.

'Wel, mi adewaist ti ddarnau mân ohoni ar y wal pan dynnaist ti'r beipen o'r wal, ac yn ôl yr adroddiad fforensig roedd y cemegau a ddefnyddiwyd i greu'r gwahanol liwiau yn dod o blanhigion . . .'

'Am beth rwyt ti'n siarad, Alun? Doeddwn i ddim yn gwisgo'r sgarff yna pan es i i . . . y noson honno,' cywirodd Gerwyn ei hun rhag achosi storm arall. 'Mi ges i orchymyn clir i beidio â gwisgo dillad anghyffredin.'

Edrychodd Alun ar Gerwyn gan fethu â phenderfynu a oedd yn dweud y gwir neu beidio.

'Does dim isio i ti boeni. Hyd yn oed pe bai'r heddlu yn ffeindio dy sgarff di, mae'n rhaid bod 'na gannoedd o rai tebyg . . .'

'Ond dwi'n dweud y gwir wrthyt ti! Doeddwn i ddim yn gwisgo'r sgarff. Ai dyna'r unig brawf oedd gen ti pan ddest ti yma heno?'

Roedd Alun yn dechrau colli amynedd eto a throdd i fynd. 'Gofyn i'th dad pan weli di o eto,' meddai'n swta.

''Nhad?' meddai Gerwyn, yn amlwg wedi dychryn, a chan ddilyn Alun. 'Wyt ti wedi bod yn siarad efo 'Nhad?'

'Do, dwi wedi bod yn siarad efo dy dad a phaid â chymryd arnat nad ti roddodd y syniad o wneud galwadau bygythiol yn ei ben o . . .'

'Be?' meddai Gerwyn a gallai Alun weld bod ei fraw yn ddiffuant. ''Nhad yn gwneud galwadau bygythiol? Alla i ddim credu'r peth. Dweud celwydd wyt ti!' meddai ac edrych yn gas ar Alun fel petai *o*'n mynd i ymosod arno *ef* y tro hwn.

'Wel ffonia fo dy hun a gofyn iddo fo,' atebodd Alun gan droi unwaith eto i adael yr ystafell.

Roedd Alun wedi agor y drws ffrynt ac roedd ar fin mynd allan i'r nos oer pan gofiodd rywbeth arall. Trodd i wynebu Gerwyn a dweud yn gas 'Lwc i ti a dy bartner fod Trefor wedi lladd ei hun yntê?'

Edrychodd y naill ar y llall yn ofalus ond ni allai Gerwyn benderfynu a oedd Alun yn gwybod rhywbeth mewn gwirionedd ynteu dyfalu ydoedd. Ond gwyddai nad oedd diben ceisio celu dim a dywedodd:

'Doedd o ddim yn 'nabod fy mhartner i – hynny ydi, os gwelodd o'i wyneb o hyd yn oed – ac mi roeddwn i wedi dianc i gae William Roberts o'i flaen o . . . Wyddost ti ddim *pam* ei fod o wedi lladd ei hun, mae'n siŵr?' gofynnodd Gerwyn yn obeithiol.

Edrychodd Alun arno'n llawn dirmyg am ychydig eiliadau cyn troi a cherdded allan trwy'r drws ffrynt.